U0568362

# 谷林锺叔河通信

念楼题耑

夏春锦　周音莹　禾塘　编

文匯出版社

谷林（一九一九－二〇〇九），原名劳祖德，浙江省鄞县人，定居北京。一九三七年起从事会计工作，一九七五年调至中国历史博物馆整理历史文献，至一九八九年退休。其间完成《郑孝胥日记》的整理。《读书》杂志创刊初期，谷林一边为《读书》做义务校对，一边在该刊上发表读书随笔。先后出版《情趣·知识·襟怀》《书边杂写》《答客问》《淡墨痕》《书简三叠》《谷林书简》《上水船甲集》《上水船乙集》《觉有情：谷林文萃》。谷林宁静淡泊，与世无争，以读书为终身乐趣。二〇〇九年一月九日因病在北京逝世，享年八十九岁。

锺叔河（一九三一－　），湖南平江人，定居长沙。曾任《新湖南报》编辑、记者，一九五七年被划为右派，开除公职。此后以做工糊口，但仍不废读书。一九七〇年因言论被捕入狱，一九七九年平反出狱后拒绝回报社，到湖南人民出版社工作。一九八二年评为编审，一九八四年任岳麓书社总编辑，一九八八年调湖南省新闻出版局，直至离休。一九九四年获第三届韬奋出版奖。著作有《走向世界》《从东方到西方》《锺叔河散文》《念楼学短》《学其短》《笼中鸟集》《小西门集》《与之言集》《儿童杂事诗笺释》《锺叔河书信初集》等。编订和主持出版的作品有《走向世界丛书》《凤凰丛书》《周作人散文全集》《曾国藩往来家书》等。

# 目　录

附：



跋：

# 题记

《谷林书简·致荆时光十二》云，“我与叔河通问甚少”，诚然。夏春锦君尽力蒐求，只蒐得我十八年中与谷林书三十四通，平均一年不到两通，确实甚少，谷林与我者则更少。

少虽少，但只要读读谷林与我的二十三通信，他是一个甚么样的人，他关心的、感兴趣的是一些甚么样的事，他和文字之交的我是一种甚么样的友谊，便都历历如在目前了。

这些都是不应该忘记，不应该任其湮没的，我以为。

于是我同意夏君来蒐集整理这些书信，并为他写下了这几行。

庚子闰四月廿四，今日三候，反舌无声。

夏君问，与谷林交往，始于何时。答，头封信写于八六年八月三日，乃是回信，并非首发。往来通信许久以后，八八年九月二十日信中，还说“连‘一面’也没有‘面’”。此则只能怪我从小晕车晕机害怕旅行，直至九四年九十月间到了北京（连这次平生只进京四次），刚刚在翠明庄住下，谷林、倪子明二位闻讯赶来，才得“一面”。这是我和他最初的也就是最后的一面，人生遇合之寻常又不寻常者盖如此。今谷林殁十二年矣，我亦去死不远，唯愿尚能回想一下相扶互勉的时光，留下一点温和的记忆。

锺叔河　庚子仲夏

# 整理说明

本书收录谷林先生与锺叔河先生往来书信合计五十七通，其中谷林方面二十三通，锺叔河方面三十四通，均属首次全文披露。谷林信札扫描件系王平先生所提供，锺叔河信札扫描件则为劳谷林女士所提供，这是首先需要特别感谢的。

现存的两人信札中，最早的一通作于一九八六年八月三日，最晚的一通作于二〇〇四年十月九日，均出自锺先生之手。除了一通不知确切的年份而暂置于卷末外，其他经锺先生亲自核定年份和先后，得以按写作时间交错排列。

本书除了释文外，也将原件收录，有心的读者如能两相对读，不啻赏心乐事也。而于发黄的故纸中，更可见二老的相互扶持。

为了便于读者更深入地了解信札内容，编者对信文中的相关之处做了简单注释。其中包括与通信内容有直接关联的人物、书籍、简称以及信札遗失情况、相关事实和背景等；信札中如有笔误则径改，有脱字则适当补充，均在注释中一一说明。以上种种，均希望能对当初信手写来的信文有所补充。

书后除编者的三篇已发文外，还附录二老的旧作四篇，可见往日与今时的书缘。

此外，信札正文中除了页码和序号外，尽量不用阿拉伯数字；标点符号与现行习惯不相符者亦径改之，不再另作说明。

夏春锦　二〇二〇年七月三日

岳麓书社

人民日报黄河转

祖风同志：

《木片集》即《草叶集》即《鱼雁集》，是最后改定的名称，我所据者为周氏手校打样复印件，只有120面。

我正在给黄裳先生编《周作人集外文编》，大约在一千篇以上，《木片集》只是其中一小部分罢了。此书大约今冬可发排，明年出书。

《知堂序跋》已付排。《日译〈浮世澡堂〉序》已收入，此外还收了集外序跋数十篇，如《知堂杂诗抄序》、《汪精卫先生庚戌蒙难实录序》也在内。因为新的集外文不断发现，陆续还可插入校样，很是有益。如是我在香港出版时当地两方排字工人，

## 锺叔河致谷林（1986年8月3日）

人路[1]同志并请转

祖德同志：

《木片集》即《草叶集》即《鳞爪集》，是最后改定的名字，我所据者为周氏手校打样复印件[2]，只有百二十面。

我正在约黄裳[3]先生编《周作人集外文编》[4]，大约在一千面以上，《木片集》只是其中一小部分罢了，此书大约今冬可发排，明年出书。

《知堂序跋》[5]已付排。《日译〈骆驼祥子〉序》已收入，此外还收了集外序跋数十篇，如《〈知堂杂诗抄〉序》《〈汪精卫先生庚戌蒙难实录〉序》等等。因为新的集外文不断出现，陆续送工厂插入检字，很费唇舌。好在我在当右派时当过两年排字工人，和

---

1 人路，即秦人路，资深编辑，曾供职于人民出版社、三联书店。

2 此件系朱正（时在人民文学出版社编《鲁迅全集》）寄给锺叔河，后来有关的人从锺处借得，作为河北教育出版社所出《周作人自编文集·木片集》的底本。

3 黄裳（1919—2012），本名容鼎昌，作家、记者、藏书家。

4 此书后来黄裳并未编成，改由陈子善编为《知堂集外文·〈亦报〉随笔》和《知堂集外文·四九年以后》出版。

5《知堂序跋》，周作人著、锺叔河编，岳麓书社1987年2月初版。

岳麓书社

和工人打交道还有点麻烦。上个月寄书结束，印刷人请排字师傅吃了一桌280元的酒席，师傅们也很讲义气，总算接受了我的不情之请。

《书房一角》、《年轮后记》二书俱有收据。《清明前后》恐未成集（系列）印行。关于新书出版的详情，容探究再告。

以去日本

钟叔河 8.3

工人打交道还有点办法。上个月拿到稿费，即私人请排字师傅吃了一桌二百八十元的酒席，师傅们也很讲“义气”，总算接受了我的不情之请。

《书房一角》《秉烛后谈》寒斋俱有收藏，《清明前后》[1]恐未别集印行，关于这个题目的详情，乞拨冗见示。

锺叔河

八、三

1 有旁批“立春以前”。

杂诗抄 87/1
10,000

# 岳麓书社

祖德先生：

谨寄奉新出《知堂杂诗抄》一本。虽是小书，却是未刊手订原本，文章尚还寄存他处，如何得全，我可说是当代文物者也，请善视之。知堂的书，虽有意将之校订重印，但又搞出版事，文（据说只准印我所编的）化派一二书生所得很好，亦只好听之而已。关于此事，有何信息，亦请随时知我，叨在同好，固不能休戚了不相干也。专此，即问近好！

钟叔河 3.7

## 锺叔河致谷林（1987年3月7日）

祖德先生：

谨寄奉新出《知堂杂诗抄》[1]一本，虽戋戋小书，却是未刊手订原本，“文革”前远寄海外，始得保全，亦可算是当代文物者也，请善视之。知堂各书，愚有意为之校订重印，但又横生枝节（据说只准印抗战前的），文化非一二书生所得维持，则亦听之而已。关于此事，有何信息，乞随时赐示，叨在同好，固不能休戚了不相干也。匆此，即问近好！

锺叔河

三、七

1　此书手稿原由移居新加坡的郑子瑜所藏，经陈子善略作增补后推荐给锺叔河，于1987年1月由岳麓书社出版。

# 中国历史博物馆

（已复信 87.7.17复）

叔河同志：

三月七日惠书于十一日奉悉，次日即得挂号寄下的《知堂杂诗抄》新印本，欢愉之至。

孙伏园先生于五十年代末患偏瘫，因居处邻近，我常常便去看看他，曾在他那里见到过《老虎桥杂诗》手稿一册，当时即自告奋勇，为伏老抄存一份，我自己也过录了一份，幸未毁失。昨晚乃取与新印本草草对读了一下，知文字小有异同。手稿较新印本略多数首，其目如下：

| | |
|---|---|
| 忠舍杂诗二十首，增补一首 | 较新印本目三多八首 |
| 往昔三十首 | 同目四 |
| 丙戌岁暮杂诗十一首<br>丁亥暑中杂诗三十首 | 较目五多十一首 |
| 儿童杂事诗四十八首，增廿四首 | 与目六同 |
| 题画诗九十四首（实只五十八首） | 与目七同 |
| 炮局杂诗十三首 | 新印本未收 |

文字未及细校，新印本或系定稿。如《老虎桥杂诗补遗》第一首结尾的开头两句"骑驴……徒博斯年也"，即为我录存的稿本所缺。

总之，非常愉快，至感盛谊！

## 谷林致锺叔河（1987年3月13日）

叔河同志：

三月七日惠书于十一日奉悉，次日即得挂号寄下的《知堂杂诗抄》新印本，欢愉之至。

孙伏园[1]先生于五十年代末患偏瘫，因居处邻近，我常寻便去看看他，曾在他那里见到过《老虎桥杂诗》手稿一册，当时即自告奋勇，为伏老抄存一份，我自己也过录了一份，幸未毁失。昨晚乃取与新印本草草对读了一下，知文字小有异同。手稿较新印本略多数首，总目如下：

<table>
<tr><td>忠舍杂志二十首，增补一首</td><td>较新印本目三多八首</td></tr>
<tr><td>往昔三十首</td><td>同目四</td></tr>
<tr><td>丙戌岁暮杂诗十一首</td><td rowspan="2">} 较目五多十一首</td></tr>
<tr><td>丁亥暑中杂诗三十首</td></tr>
<tr><td>儿童杂事诗四十八首，增廿四首</td><td>与目六同</td></tr>
<tr><td>题画诗九十四首（实只五十八首）</td><td>与目七同</td></tr>
<tr><td>炮局杂诗[2]十三首</td><td>新印本未收</td></tr>
</table>

文字未及细校，新印本或系定稿，如《老虎桥杂诗补遗》第一首说明的开头两句“骑驴……说傅斯年也”，即为我录存的稿本所缺。

总之，非常愉快，至感盛谊！

1　孙伏园（1894—1966），曾任《晨报》《京报》副刊编辑，建国后任出版总署版本图书馆馆长。

2　原信误作“志”。

# 中国历史博物馆

我曾向秦人路同志说过，可否仿他们印朱自清文集的办法，不动声色地三五月印它一本，并先印抗战后出、胜利前诸种。因为那一些印数少，当时似只为上海市内流传，更不用说陪都重庆了。而且当时物质困难，故印本纸张粗劣，字体过小，校对未精，重印销数未必甚少，可藉得以保存。后来在报上看到岳麓的大幅广告，殊感雀跃。而方刊变起，不禁怅怅。日前晤倪子明同志，我曾为此表示担忧，子明兄以为无碍，今得来书，知所虑不幸而中。长途跋涉，坎坷不免。但只要腰腿尚健，总还是可以前进的。关于这些书，我想，禁令是不会有的，因之也不会有解除禁令的消息。来信说"只准印抗战前的"，鄙意以为此未必然，《木片集》应在可印之列，因为这些都是发表于建国后报刊上的，包括《人民日报》在内。但"精装合订本"自然暂时出不成了。

《夜读抄》印一万册，谅非书店订数，而出足下卓裁，我以为是更得体的。

专此复谢，顺颂时绥！

劳祖德 上

三月十三日

我曾向秦人路同志说过，可否仿他们印朱自清文集的办法，不动声色地三五月印它一本，并先印抗战后至胜利前诸种，因为那一些印数少，当时孤岛的上海即甚少流传，更不用说陪都重庆了。而且其时物资困难，故印本纸张粗劣，字体过小，校对未精，重印销数未必甚少，可能得以保本。后来在报上看到岳麓的大幅广告，殊感雀跃。而方刘变起，不禁忐忑。日前晤倪子明[1]同志，我曾为此表示杞忧，子明犹以为无碍。今得足下书，知所虑不幸而中。长途跋涉，坎坷不免。但只要腰腿犹健，总还是可以前进的。关于这些书，我想，禁令是不会有的，因之也不会有解除禁令的消息。来信说“只准印抗战前的”，鄙意以为此未必然，《木片集》应在可印之列，因为这些都是发表于建国后报刊上的，包括《人民日报》在内。但“精装合订本”自然暂时出不成了。

《杂诗抄》印一万册，谅非书店订数，而出足下卓裁，我以为是卖得掉的。

专此复谢。顺颂时绥！

劳祖德 上

三月十三日

1 倪子明（1919—2010），曾任三联书店总编辑。

# 岳麓书社便笺

祖德兄：

手示拜悉。

"李渔诗"为红豆馆主之本，观卷首所题四手订因果可知，但另外所有集外之诗，自然更有价值。请即费心抄示，最好或将全稿复印一份见寄，尤为感激。（或可作为附录加入再版。）

以后如有所印知堂之书，当首先寄呈阁下。当今排印校对水平都很低下，舛讹，亦所难免，请及时指正为幸。

匆匆 即颂

春安

钟叔河上

3.17

## 锺叔河致谷林（1987年3月17日）

祖德同志：

手示敬悉。

“杂诗抄”为知堂手定本，观卷首插页四手订目录可知，但尊处抄存集外各诗，当然饶有价值，请即费心抄示，最好或将全稿复印一份见赐，尤为感激。（或可作为附编加入再版。）

以后此间所印知堂各书，当首先检奉阁下。如今排印校对水平都江河日下，鲁鱼亥豕，在所难免。请及时指正为幸。

匆匆，即请

著安

锺叔河 上

三、十七

# 中国历史博物馆

叔河同志：

三月十七日手示敬悉。旧抄《老虎桥杂诗》一份，随函寄呈。足下留用可也，不必急于掷还。率复，

即颂

撰祺！

劳祖德上

三月廿一日

## 谷林致锺叔河（1987年3月21日）

叔河同志：

三月十七日手示敬悉，旧抄《老虎桥杂诗》一份，随函寄呈。足下留用可也，不必急于掷还。率复，即颂

撰祺！

劳祖德 上

三月廿一日

# 岳麓书社

祖德同志：

《忘庐论李诗》书本收到了，从今年一月以来，这是唯一使我们高兴的事。它除了提供了"李诗别"以外的三十多首诗外，还帮我校正了"李诗别"的一些误字，即如《论诗三绝》之四第一首最后两句，原作

后世褰康节，揭帜走江湖

"褰康节"不可解，当问提供书件的萧阳治先生，他也无从解出，以外所问也无人知，因无别本，亦只得听之。现在才知道"褰"字乃"塞"字之误。"后世塞康节"也就是后世以"塞鬼谷""塞柳庄"为名"揭帜走江湖"的那种先生，完全弄明白了。

当今之际，想印几本好书，本来就极难，现在"加强管理"，则有人会把[illegible]，这种"宏观"

## 锺叔河致谷林（1987年3月26日）

祖德同志：

《老虎桥杂诗》抄本收到了，从今年一月以来，这是唯一使我高兴的事。它除了提供了“杂诗抄”以外的三十多首诗外，还帮我校正了“杂诗抄”的一些误字，即如《往昔三续》之四邵雍一首最后两句，印本作：

后世寒康节，揭帜走江湖。

“寒康节”不可解，去问提供抄件的郑子瑜[1]先生，他也无法解决。此外还问过黄裳，因无别本，亦只得听之。现在才知道“寒”字实系“赛”字之误。“后世赛康节”也就是后世以“赛鬼谷”“赛柳庄”为名“揭帜走江湖”的算命先生，完全弄明白了。

当编辑，想印几本好书，本来就极难。现在“加强管理”，湖

1 郑子瑜（1916—2008），新加坡籍华裔学者。

# 岳麓书社

即周作人是"超过了生活之艺术范围"，是"偏爱自由人物"，而[illegible]副部长不安，以为我这样者孤陋，也和外头争论了该谈、出版社是一家书店，一再来打招呼，令我"不得擅作主张"，更是令人哭笑不得。

我的出书计划，"上头"说有说不准，也说有说出准，只有一些风不断在吹，时而说抗战以前中国不可出，时而说最好不要原本照印，而宜加以编选，真同伺候老人似的，头痛之至。现在湖南因为出了几本书，差不多成了众矢之的，"树大招风"，反而不利于做事了，如果有其他出版社愿意来出周的书，我倒宁愿把它当作燕云十六州来出卖，但不知能找到买主否也。

天寒，请珍重，不尽。

钟叔河 上
3.26

南有人告状，说“岳麓”印周作人是“超过了专业分工范围”，是“偏爱反面人物”，而副部长不察，以为我这样苦心孤诣，也和外头争印琼瑶、张恨水是一路货色，一再来打招呼，令我“不得擅作主张”，真是令人哭笑不得。

我的出书计划，“上头”没有说不准，也没有说照准，只有一些风不断在吹，时而说抗战八年中的不可出，时而又说最好不要原本照印，而宜加以编选，弄得你无所适从，头痛之至。现在湖南因为出了几本书，差不多成了众矢之的，“树大招风”，反而不利于做事了。如果有其他出版社愿意来出周的书，我倒宁愿把它当作燕云十六州来出卖，但不知能找得到买主否也。

天寒，请珍重，不尽。

锺叔河 上

三、二十六

岳麓书社

德明兄：

告诉您一个好消息，经过有力者从中斡旋，中宣部已正式发文，同意岳麓书社印行除附逆时期以外的周作人著作。吠影吠声者，当可稍息乎。

寄上新出《知堂序跋》一册，仍乞教正是幸。

《陀螺》、《冥土旅行》、《两条血痕》书系译作，我想亦应列入计划，不知能从新文学史角度考虑，作为专印否？

多承关注，谢谢，即请

春安

钟叔河上 4.21

知堂序跋
岳麓 87/2
15,000册

书话上 86/4 10,500
下 〃 10,500

## 锺叔河致谷林（1987年4月21日）

祖德同志：

告诉您一个好消息，经过有力者从中斡旋，中宣部已正式发文，同意岳麓书社印行除日伪时期外的周作人著作。吠影吠声者，当可稍息乎。

寄上新出《知堂序跋》一册，仍乞教正是幸。

《陀螺》《冥土旅行》《两条血痕》虽系译文，亦拟考虑列入计划，不知能从京中觅得原本，或代为复印否？

事极忙乱，草草，即请

著安

锺叔河 上

四、二十一

叔河同志：

四月廿一日赐缄并知堂书话一册，均已收到，拜谢拜谢。此书印数竟得一万五千册，足见世间自是解人。知此后尚可出版十几种，大是喜慰。建国后在香港刊印之书，未知亦能收入否，如印行手札，可否即据港版影印？此公书法极有姿致，十分耐看，不易多觏也。五〇年抵京之初，新版旧书刊极易得，余亦热衷，经年所缺周氏著译，得一一补收齐全，旁及载其初稿的旧杂志，

## 谷林致锺叔河（1987年5月1日）

叔河同志：

四月廿一日赐缄并《知堂书话》[1]一册，均已收到，拜谢拜谢！此书印数竟得一万五千册，足见世间自有解人，知此后尚可出版十几种，大是喜慰。建国后在香港刊印之书，未知亦能收入否，如印行手札，可否即据港版影印。此公书法极有姿致，十分耐看，不易多觏也。五〇年抵京之初，新版旧书刊极易得，价亦甚廉。往年所缺周氏著译，得一一补收齐全，旁及载其初稿的旧杂志，

1　据前函可知，《知堂书话》应为《知堂序跋》之误。

闻贵来函入集之文，述及文革，扫地以尽，现在亦此数种旧书，过如星凤，所嘱无以报命，或者姻缘未尽，邂逅一見，则未可卜也。此次二种所收入之集，篇目小引，就本文看来，前云「随时抄录」，后云「几篇小文」，又云「选择和表现」，似是一种编著，不象是译文，未知能查到初刊处否。专此叩谢，并颂撰祺。

芳祖德上，五月一日。

间有未曾入集之文，迨及“文革”，扫地以尽。现在求此数种旧书，遂如星凤，所嘱无以报命，或者姻缘未尽，邂逅一旦，则未可卜也。此次二辑所收《土之盘筵》小引，就本文看来，前云“随时抄录”，后云“几篇小文”，又云“选择和表现”，似是一种编著，不像是译文，未知能查到初刊处否。专此叩谢，并颂

撰祺。

劳祖德 上

五月一日

知堂书信，如有可能，当为印出。但影印很难，因为书信多难读，若以活版排印又不易表现书信之美也。拟回来有精采之趣，故可一试。惟付印不知何时。知堂印书之难真令人着急，而难印者却在书外，良可慨叹！

# 岳麓书社

祖佳同志：

从四川回来，得读赐书及抄示知堂佚文，拜谢拜谢。近来颇思远游（斛间），而究为多零料理，心劳日拙，连信也写得少而短了。

《土之盘筵·小引》始载1923.7.24《晨报副刊》。

随后列出的是：

一、稻草与煤与蚕豆（童话，德国格林）

二、乡间的老鼠和京都的老鼠（寓言，古希腊伊索）

三、乡鼠与城鼠（童话，英国[illegible]女士）

四、蝙蝠与癞蛤蟆（童话，法国法布尔）

五、蜂与蚁（科学小品，法国法布尔）

六、蜘蛛的家（科学小品，法国法布尔）

七、大萝卜（童话，德国格林）

八、上古的人（知识小品，英国房龙）

知堂读书。若用同志托朱正之赠信之书已收到，这几天用了你信纸，也到时请为之寄。 专此即颂

著安

钟叔河上 5.15

海漫过去，故思得一套本以校定之。去年从报上看到博物馆藏有康生搜存过的旧小说「双玉鬼家」，不知有可能设法一见否？我亦有一份本。

## 锺叔河致谷林（1987年5月15日）

祖德同志：

从四川回来，得读赐书及抄示知堂佚文，拜谢拜谢。近来颇思远游解闷，而冗事多需料理，心劳日绌，连信也写得少而短了。

《土之盘筵·小引》始载一九二三年七月二十四日《晨报副刊》，随后刊出的是：

一、稻草与煤与蚕豆（童话，德国格林）

二、乡间的老鼠和京都的老鼠（寓言，古希腊伊索）

三、乡鼠与城鼠（童话，美国诺依思及布兰支莱女士）

四、蝙蝠与癞蛤蟆（童话，法国法布尔）

五、蜂与蚁（科学小品，法国法布尔）

六、蜘蛛的毒（科学小品，法国法布尔）

七、大罗卜（童话，德国格林）

八、上古的人（知识小品，美国房龙）

知注谨告。范用[1]同志托朱正[2]兄赐给之书已收到，过几天再写信给他，见到时请为先容。专此即请

著安

锺叔河 上

五、十五

1 范用（1923—2010），出版家，曾任人民出版社副社长、三联书店总经理。

2 朱正（1931— ），出版家、学者，曾任湖南人民出版社总编辑。

去年从报上看到博物馆藏有康生掠夺过的旧小说《欢喜冤家》，不知有可能设法一见否？我亦有一坊本，漫漶过甚，颇思得一善本以校定之。

知堂书信，如有可能，当为印行，但影印恐难办，因为书价高难卖，而从港版复制亦不易表现书法之美也。执事如有辑录兴趣，颇可一做，惟付印不知何时。如今印书之难真如上青天，而尤难者却在书外，良可慨叹！

岳麓书社

祖慰同志：

周书已印出第一册，特寄请

指正。

敬颂

节安

钟叔河

9.15

苦茶随笔 87/7 11300册

## 锺叔河致谷林（1987年9月15日）

祖德同志：

周书[1]已印出第一册，特寄请指正。

匆匆，即请

著安

锺叔河 顿首

九、十五

1 指《苦茶随笔》，周作人著，岳麓书社1987年7月初版。

# 湖南日报社用笺

祖慰同志：

10.28手示敬悉。

您的意见很对。当时疏虞，《周作人文类编》所收多文二十篇，有的已收入"谈龙集"了。我们的编辑对《知堂文集》也不熟了。现在看来，不可苛求您的信了，但当时也已晚了。

"村"字恐有误，且前此周氏四十年代作文之精品，固在当时沦陷区下，[illegible]。现此间"鸟"第一册已付排，我也在《新报》上发表些小文。第二册正在编辑发排，将报刊发表的原件收入，《村》诸文亦均在报刊上发表过，故要已包写足了。

所谓"附逆时期"作品部分所析，[illegible]我亦中原谈，但我能说的话也去，亦即也是连我的方法。

此事我能做的，当予执笔帮着整理的出版，我不是为了几本书，只是不干这事了。知你关心再问。

此颂

编安

钟叔河 11.3

地址：长沙市建湘路　电报挂号：4357　电话：26191总机转各部门

## 锺叔河致谷林（1987年11月3日）

祖德同志：

十月廿八日手示[1]敬悉。

您的意见很对。当时考虑,《园地》初版所收杂文二十篇，有的已收入《谈虎集》了，未收各篇放到集外文中亦无不可。现在看来，不如采取您的法子，但为时已晚了。

“木片”[2]篇幅甚少，且并非周氏四九年后所作文之精品，因在当时环境下，欲求国内出版，势非削足适履不可也。现此间“集外”第一册已付排，全部是在《亦报》上发表过的小文。第二册正在准备发稿，均据报刊发表的原件收入。“木片”诸文亦均在报刊上发表过，故悉已包罗无遗矣。

所谓“附逆时期”作品暂勿印行，盖批示中原话，但我并不打算照办，亦即是您建议的方法。

如今办出版社，等于执箕帚、荐枕席的妾妇，我不是为了几本书，早就不干这鸟事了。知注并以奉闻。

匆请

编安

锺叔河

十　、二

1　此函已遗失。

2　即《木片集》。

岳麓书社稿纸

芳先生：

　　六八手书奉悉。今来碌碌无为，盖有此"三种人"（责任编辑的小将、出门后而出的小人、已有一个就是周作人）从中作梗事，例如有报看今后不出书不愿"接枪矛"。书出后才看更是宁可何不去书店，我当然可以做到了。世中曾有一度思考此危邦，但我们辛苦与共的家还有几个人。我未能亲地论述，只能如此而已。本拟随笔书画刊印成，低早得出。今也可专寄手。晓风堂札，仍寄书一册，乞哂收。匆匆不尽。即颂

春安

钟叔河　5.18

## 锺叔河致谷林（1988年5月18日）

劳先生：

五月十五日手书[1]奉悉，年来碌碌无为，盖自从“三种人”（《查泰来夫人的情人》《丑陋的中国人》，还有一个就是“周作人”）风潮以来，湖南当权者宁愿不出书，不愿“挨批评”，当出版官者更是宁要乌纱不要书，我辈遂难做事了。其中曾一度思去此危邦，但数年辛苦与共的总还有几个人，亦未能毅然决绝，苟延时日而已。《〈亦报〉随笔》虽勉强印成，纸墨俱劣，实在怕拿出手。既承垂顾，仍寄奉一册，乞哂收。匆匆不尽，即请

著安

锺叔河

五、十八

1 此函已遗失。

中国歷史博物館

The Museum of The Chinese History

叔河同志：

上月十五日以芜函奉渎，询问《亦报随笔》出版情形，廿四日即得还书，系十八日所作，承告书已出版，并蒙惠贶，欢欣感篆，非可名言。然接函迄今，倏忽逾月，而赐件犹未到，甚为悬系。敢烦一问发寄同志，是否挂号？或者邮路亦不甚正常，如弟寄去之函，三日即达，而兄之还云，乃化了加倍的日子，因之《随笔》一书也许于此函付邮后即能递到，亦未可知。读大札中"三种人"一语，大出意表，周氏之书是否即拟中止出版？《随笔》而外之集外文经黄裳同志编就者，能否印出？尤所企念。工作中枝节横生、窒碍甚多，想天下滔滔，莫非如是，好"岳麓"声名，已腾人口，读者渴望之衷，当亦有函馈至尊处者，闻之谅难恝然。"一卒荷戈"，并非孤军，正盼阁下尽其在我，勉为其难，知己自在万人丛中也。专此道谢，并候

撰祺！

劳祖德

1988年6月5日

中國·北京天安門廣場東側

East Side of Tian'anmen Square Beijing, China

## 谷林致锺叔河（1988年6月5日）

叔河同志：

上月十五日以芜函奉渎，询问《〈亦报〉随笔》出版情形，廿四日即得还书，系十八日所作，承告书已出版，并荷惠贶，欢欣感篆，非可名言。然捧函迄今，倏忽逾旬，而赐件犹未到，甚为悬系。敢烦一问发寄同志，是否挂号？或者邮路亦不甚正常，如弟寄去之函，三日即达；而兄之还书[18]，乃化了加倍的日子，因之《随笔》一书也许于此函付邮后即能递到，亦未可知。读大札中“三种人”一语，大出意表。周氏之书是否即拟中止出版？《随笔》而外之集外文经黄裳同志编就者，能否印出？尤所企念。工作中枝节横生，窒碍甚多，恐天下滔滔，莫非如是。然“岳麓”声名，已腾人口，读者喁望之意，当亦有反馈至尊处者，闻之谅难恝然。“一卒荷戈”，并非孤军，至盼阁下尽其在我，勉为其难，知己自在万人丛中也。专此道谢，并颂

撰祺！

劳祖德

一九八八年六月五日

14. 原函误作“云”，应为“书”。

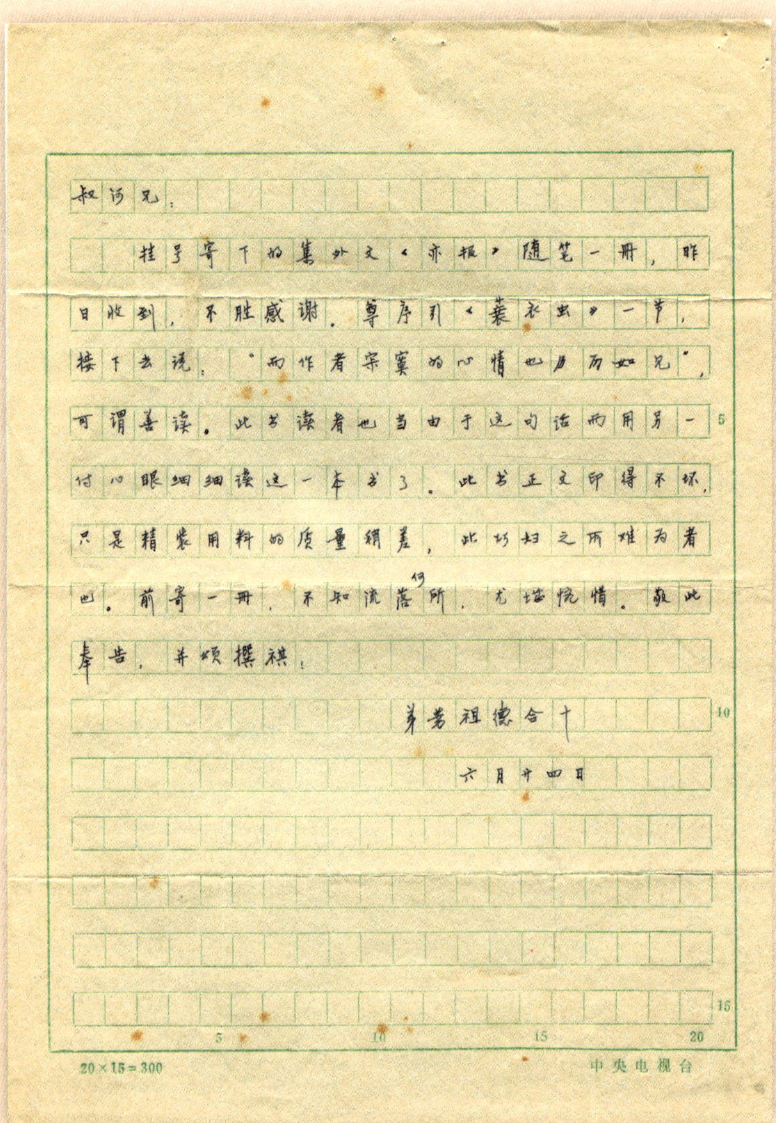

叔河兄：

挂号寄下的集外文《亦报》随笔一册，昨日收到，不胜感谢。尊序引《蓑衣虫》一节，接下去说："而作者寂寞的心情也历历如见"，可谓善读。此书读者也当由于这句话而用另一付心眼细细读这一本书了。此书正文印得不坏，只是精装用料的质量稍差，此巧妇之所难为者也。前寄一册，不知流落何所，尤增惋惜。敬此奉告，并颂撰祺！

弟劳祖德合十

六月廿四日

20×15=300　　中央电视台

## 谷林致锺叔河（1988年6月24日）

叔河兄：

挂号寄下的集外文《〈亦报〉随笔》一册，昨日收到，不胜感谢。尊序引《蓑衣虫》一节，接下去说："而作者寂寞的心情也历历如见"，可谓善读。此书读者也当由于这句话而用另一副心眼细细读这一本书了。此书正文印得不坏，只是精装用料的质量稍差，此巧妇之所难为者也。前寄一册，不知流落何所，尤堪惋惜。敬此奉告，并颂撰祺！

弟劳祖德 合十

六月廿四日

岳麓书社

祖□同志：

信收到。此书纸墨俱劣，过奖的话，益增惭赧。

我正在利用半休的时间在为《儿童杂事诗》做点注释，想和本书所附插图合印为一册，作为新年礼物，以之赠与友人。但有些问题，因手头资料太少，无法求得可信，希望能得到您的帮助：

（一）乙之十六 清顺治帝

70 捧得博学点品官，居然学士亦寒门。胡涂亦自多风趣，画出骑驴傅状元。（原注）清顺治帝幼年即位，为翰林院傅以渐画状元归去骑驴图。

问题：我希望能找到关于这件事的一点记载，摘录二、三百字。

（二）乙之十八 高南阜

胶东名画高南阜，文采风流自有真。今日小娃诗十首，左家娇女有传人。

70 问题：左家娇女，当指左思娇女诗。《书房一角》P.156 提到南阜山人的女儿，云："《儿时集》为其四十以后作，有《儿童诗》及《娇女长传》"

## 锺叔河致谷林（1988年6月29日）

祖德同志：

信收到了。此书纸墨俱劣，读到您的信，益增愧赧。

我正在利用半休的时间在为《儿童杂事诗》[1]做点注解，想和丰子恺插图合印为一册，作为蛇年礼物，分赠书社友人。但有些问题，因为自己学识太差，在长沙又无书可借，希望能够得到您的帮助：

（一）乙之十六　清顺治帝

挣得清华六品官，居然学士出寒门。胡雏亦自知风趣，画出骑驴傅状元。（原注）清顺治帝幼年即位，为聊城傅以渐画《状元归去驴如飞图》。

河按：我希望能找出一点关于这件事的记载，摘录二三百字。

（二）乙之十八　高南阜

胶东名宿高南阜，文采风流自有真。写得小娃诗十首，左家情趣有传人。

河按：左家情趣，当指左思《娇女诗》。《书房一角》P.156提

1　《儿童杂事诗》，周作人作于1947、1948年间，1950年2月至5月在上海《亦报》连载，丰子恺为之绘制插图。

岳麓书社

《小孩诗再续前作》叁四首，有《猪蹄儿》《泥娃娃》的题。”《江城子》长短诸首。这些诗我希望能够全部录出作注，并查明高布皋的小孩诗到底是多少首。

（三）丙之三 花纸二

29 滚灯身手好男儿，画出英雄斗阵时。莫笑闺中女底胜，踏风古有怕婆诗。（原注）花纸有滚灯者，不详其本，画作男跪地，头顶灯盏，妇红抹胸敞手指麾……

附注：关于踏风是怕婆诗，《苦茶随笔·谈笑话》有较详的解作（注文已略）。有问题的是“滚灯”。《西湖游览志余》三《偏安佚豫》云：“以纸灯内置火炭，放地下，以足踏街辗转，谓之滚灯。”和花纸画非一事。虽然知堂老人也说“不详其本”，但我总还不死心，希望能找出一点材料才好。

另外还有一些俗字名物，如：

四

60 1. 甲之五的“鸡灯”

62 2. 甲之十七的“茯苓糕”

64 3. 甲之二四的“红绫饼”和“素夹沙”

到南皋山人的事，云："《江湖集》为其四十以后作，有《儿童诗效徐文长体》《小娃诗再效前体》各四首，有《猫蹄儿》《请姑姑》各题。"《江湖集》长沙没有，这些诗我希望能够全部录出作注，并查清高南皋的小娃诗到底是多少首。

（三）丙之三　花纸三

滚灯身手好男儿，画出英雄气短时。莫笑闺中甘屈膝，陈风古有怕婆诗。（原注）花纸有滚灯者，不详其本事，画作男子伏地，头顶烛台，妇红抹胸戟手指麾……

河按：关于陈风是怕婆诗，《药堂语录·读诗管见》有段话移作注文足够了。有问题的是"滚灯"。《西湖游览志余》三《偏安逸豫》云："以纸灯内置关捩，放地下，以足沿街蹴转之，谓之滚灯。"和花纸显非一事。虽然知堂老人也说"不详其本事"，但我总还不死心，希望能找出一点故事才好。

另外还有一些绍兴名物，如：

60 1. 甲之四的"鸡灯"；

62 2. 甲之十五的"茯苓糕"；

64 3. 甲之二四的"红绫饼"和"素夹沙"；

# 岳麓书社

74 4. 丙之一的"衣纸"

75 5. 丙之十二的"绿宫"

76 6. 丙之十四的"淡花"

79 7. 丙之十七序注引陆农师《埤雅》，长沙亦无处借到。

[illegible] 81 8. 丙之二三的"浮萍"

这些恐非找七十以上的绍兴人问不可（周丰一先生答复，因他虽是[illegible]上不是绍兴人）。但不知能否占用时间，但在京城中求绍兴老人总比在长沙容易些。至于素书的几条，恐非先生大力不可矣。不情之请，全因为仗恃同好，才大胆地提了出来，务恳不要拒绝为幸。

我不会写文章，又不善经营出版，承乏局下，从事编辑工作，随错漏作文，更不能适应时代之需要。79年"以后"，错办了很多，"清除""反自由"又不能跟踪而来，恰是早不知道什么时候了。却不免有些怨嗟，以道中国的读书人就注定只能做"帮闲"之角色？早想写信倾诉，所不能察者此也，上写知堂书册下耳。先生必加谅，早已洞鉴。我这几行话完全是多余的了。即候

著祺

钟叔河上
88.6.29

74 4. 丙之一的“花纸”；

75 5. 丙之十二的“绿官”；

78 6. 丙之十四的“淡花”；

79 7. 丙之十五原注引陆农师《埤雅》，长沙亦无法借到；

81 8. 丙之二三的“洋菜”。

这些恐非找七十以上的绍兴人问不可（周丰一[1]无法答复，因他实际上不是绍兴人），您亦未必有这号朋友，但在京城中求解人总比在长沙容易些。至于需要查书的几条，恐非乞先生大力不可矣。不情之请，全因为彼此同好，才大胆地提了出来，务恳不要拒绝为幸。

我不学无术，又不善联络应酬，承上启下，凭兴趣编书，随情绪作文，更不能适应时代之需要。七九年“改正”[2]，稍开始做事，“清污”“反自”又不旋踵而来，怕是早不知道怕的了，却不免有些烦躁，难道中国的读书人就注定只能做“焉附”之毛乎？早想离休养老，所不能毅然决然者，只为知堂数册书耳。先生心中水镜，早已洞鉴，我这几行话实在是多余的了。匆候

著祺

锺叔河 上

八八、六、二十九

1 周丰一（1912—1997），翻译家，周作人长子。

2 指右派改正和平反出狱。

中央电视台

叔河同志：

上月初与人骆同志在一次集会中相见，他悄声告诉我，你给"选"下来了。几天前与子聪同志闲谈，说起此事，他告诉我，朱正同志也给"选"下来了。我与朱正同志素昧，但亦心仪久矣。听到这个消息，感慨不禁加了一倍。我很耽心《凤凰丛书》《骆驼丛书》都将戛然而止。或者还会出下去，而面目大变。至于旧籍新刊，包括重印周作人著作，能否继续下去，那自然更为可疑了。你不会留恋那顶乌纱帽，摆脱一些行政事务，毋宁说是一件好事，可以更多写些文章，做些研究工作。但这终究抵不过一个出版社全面出书规划的变化所造成的损失。

在十二日《人民日报》的副刊上，读到《作品与人品》。你用了一些简单习见的资料，以平平实实的文字讲了一番道理，令人悦服。不知道臧克家先生见到后，也能稍生以为的观感否。我与子聪同志闲聊此文，相与称叹。文末注明它是为陈子善编的《知堂集外文》所作序言，当是"集外"的第二册（不知"集外"止于二册或尚有更多的），想已付印，或不至于夭折否？估计何时能出书？

陈子善先生寄来一信，说是由你的推荐，约我写一篇回忆周作人的文章。我已复信辞谢，辜负盛意，甚感歉仄。我只见过此老两面，他寄我的几封信，被"抄"后也不记得有否发还，一时也找不到了，觉得写不出什么东西来。再则我想赶快了清在历史博物馆欠下的任务，解脱出来，以免每天上班的往返之劳。一两年来，自觉精力衰退，已不胜事。现在则每天几乎直无闲览之暇，早出晚归，回家只是吃饭睡觉而已。

专此即颂近佳！

劳祖德

九月十二日。

## 谷林致锺叔河（1988年9月17日）

叔河同志：

上月杪与人路同志在一次集会中相见，他悄声告诉我，你给“选”下来了。几天前与子明同志闲谈，说起此事，他告诉我，朱正同志也给“选”下来了。我与朱正同志素昧，但亦心仪久矣。听到这个消息，感慨不禁加了一倍。我很耽心《凤凰丛书》《骆驼丛书》都将戛然而止。或者还会出下去，而面目大变。至于旧籍新刊，包括重印周作人著作，能否继续下去，那自然就更为可疑了。你不会留恋那顶乌纱帽，摆脱一些行政事务，无宁说是一件好事，可以更多写些文章，做些研究工作。但这终究抵不过一个出版社全面出书规划的变化所造成的损失。

在十二日《人民日报》的副刊上，读到《作品与人品》。你用了一些简单习见的资料，以平平实实的文字讲了一番道理，令人悦服。不知道臧克家[1]先生见到后，也能稍变以前的观感否。我与子明同志闲聊此文，相与称叹。文末注明它是为陈子善[2]编的《知堂集外文》所作序言，当是“集外”的第二册（不知“集外”止于二册或尚有更多的），想已付印，或不至于夭折否？估计何时能出书？

1　臧克家（1905—2004），诗人、作家。
2　陈子善（1948—），学者，华东师范大学中文系研究员。

陈子善先生曾来一信，说是因你的推荐，约我写一篇回忆周作人的文章。我已复信辞谢，辜负盛意，甚感歉仄。我只见过此老两面，他寄我的几封信，被“抄”后也不记得曾否发还，一时也找不到了，觉得写不出什么东西来，再则我想赶快了清在历史博物馆欠下的任务，解脱出来，以免每天上班的往返之劳。一两年来，自觉精力衰退，已不胜事。现在则卒卒然直无闲览之暇，早出晚归，返寓只是吃饭睡觉而已。

专此即颂近佳！

劳祖德

九月十七日

展览馆路3号

# 岳麓书社

祖慰同志：

信收到了，谢谢关心。我常感奇怪，与你只不过通过几回信，连"一面"也没有"面"，而每觉声气相通，亦不知其何故。在湖南，当大低、生命财产无保障，79年以来，虽是改革开放了，而始终不能摆脱窒息之感。有时甚至有一种独行深山时那种无端的恐惧，往往随即转为烦躁：难道老是这个样子么？这几年，自己努力（？）做了几件事，我们出书《走向世界》之一，却从经把90%的气力用在排除内部（！）的困难上，而在当时博得的只有批评（"为什么编书要用国库，图他人，而不爱湖南出版社的老一辈"之类）和埋怨（"为什么总出这些不赚钱的书，害得我们少发奖金、住不上房子"之类），所知火大为光不亦劳乎。故自86年后只已作"小样"之想，去年在家读自己的书，或注释古书之类的书，聊作闲情偶寄而已。"前进"确信可定，不多十年。因为我仍要干下去，必然要请那些不做事而只想多拿奖金请出差的人滚蛋，另从北京上海青年人中吸收些懂成为"同风格""同代人"的人来做事，他们乃就能的"支配"（"老子"），为自己生存计，自非斗争不可，而我则必不能[做]大的阴谋，只有无意再去作"夹缝中的苟活"了。现在这样倒使自己轻松下来了。"岳麓"以后怎样办，出什么书，我既已无发言，当然亦既不会管了。已付排的几本书，如知堂文的第二册"…"，大概还会印出来的。今后谈书属不可知矣。知堂锦绣，好一番。我的"编制"大概也会离开岳麓……后之岳麓由何人作何事……便端着铁饭碗好做自己的事，只是把讨论继续完成。董秀玉要给我寄一本书，有可能的话也想写一写。合同不合乎……

## 锺叔河致谷林（1988年9月20日）

祖德同志：

信收到了，谢谢关心。我常感奇怪，与你只不过通过几回信，连“一面”也没有“面”，而每觉声气相通，亦不知其何故。在湖南，当右派、坐牢时无论矣，七九年以来，算是改革开放了，而始终不能摆脱寂寞之感，有时甚至有一种独行深山时那种无端的恐惧，往往随即转为烦躁：难道老是这个样子么？这几年，自己努力（？）做了几件事，辑印知堂遗文即其一，都必须把百分之九十的气力用在排除内部（！）的困难上，而在省内博得的只有批评（“为什么偏爱曾国藩、周作人，而不爱湖南为数众多的老一辈”之类）和埋怨（“为什么出这些不赚钱的书，害得我们少发奖金、住不上房子”等等），自知爝火为光不亦劳乎，故自八六年后即已作“小休”之想，长期在家读自己的书，或做点注杂事诗之类的事，聊作闲情偶寄而已。“落选”确系事实，亦意中事。因为我如要干下去，必然要请那些不做事而只想多拿奖金福利费的人滚蛋，另从北京、上海青年人中吸收些赞成出“凤凰丛书”“周作人集”的人来做事。他们乃书社的“老干部”“实力派”，为自己生存计，自非斗争不可。而我则如不能进行大扫除，实亦无意再去作“夹缝中的奋斗”了。

# 岳麓书社

李蓉。身份是局聘编审，实际只分管了某一方面一层，全体工作当然也是可以问的。当然，卸掉了头衔，也就卸去了肩上对文化出版工作的一分责任。但不是我不搞，而是别人不让我搞。这样一想，内疚也就因此可以减轻一些了。记得知堂在一篇文章中引过日本一首俳句：

虫呵虫呵，难道你叫着，业便能尽了么？

我也不相信这"业"能尽，当然有（别的）地方让叫时也还是会叫一叫的。专此即祝

安吉

钟叔河 9.20

人涛、小明同志处祈代致意。

现在这样，倒使自己轻松下来了。“岳麓”以后走什么路，出什么书，我既已无法管，当然亦即不会管了。已付排的几本书，如《知堂集外文》第二册《四九年以后》[1]，大概还会印出来的，今后之事即属不可知矣。知关锦注，特此奉闻。我的“编制”大概也会离开岳麓，以后工资到省出版局拿，以便端着铁饭碗好做自己的事，首先是把诗注继续完成。董秀玉[2]在约我写一本书，有可能的话也想写一写，合用与否先不考虑。身份是局聘编审，房子已分四室一厅的一套，生活工作条件还是可以的。当然，丢掉了岳麓，等于放弃了自己对文化出版工作的一分责任，但不是我不搞，而是别人不让我搞，这样一想，内疚也就略为减轻一些了。记得知堂在一篇文章中引过日本一首短歌：

虫呵虫呵，难道你叫着，业便能尽了么?

我也不相信这“业”能尽，当然有别的地方让叫时也还是会叫一叫的。专此即颂

安吉

锺叔河

九、二十

人路、子明同志见到时乞代致意。

1　即《知堂集外文·四九年以后》，周作人著、陈子善编，岳麓书社1988年8月初版。

4　董秀玉（1941－），曾任三联书店总经理、总编辑。

祖民同志：你好！有一事相求，想请你代到北图借阅下列报刊：

1. 1905年《女子世界》第13、14期

2. 1913-14《绍兴教育会月刊》1-15期

3. 1910年《绍兴公报》7.25—8.10

把上面周作人的文字复制下来（或抄写）。不知有无可能？如有可能，我可以告详细目录篇章。

我已离开岳麓书社，但周作人的书我还是要出的（不在岳麓出，但可在它处出），故仍盼得到你的帮助。

北图若要求介绍信，我去同书社办公室说会给开的。但此书已与书社无关，恐于此未必有作用，只好请你去多费神了。此致

敬礼

钟叔河 1.14

## 锺叔河致谷林（1989年1月17日）

祖德同志：

你好！

有一事相求，想请你代到北图借阅下列报刊：

1. 一九〇五年《女子世界》总十三期

2. 一九一三－一四《绍兴县教育会月刊》一－十五期

3. 一九一〇年《绍兴公报》七、二十五－八、十

把上面周作人的文字复制下来（或拍摄），不知有无可能？如有可能，我可将详细目录寄奉。

我已离开岳麓书社，但周作人的书我还是要出的（不必在岳麓出，但亦可在岳麓出），故仍盼得到你的帮助。

北图老专家冀淑英[1]我[2]在国务院古籍小组会上开过会，但她管古籍版本，恐于此未必有作用，还得请你在京设法。匆致

敬礼！

锺叔河 上

一、十七

1 冀淑英（1920－2001），版本目录学家、国家图书馆研究馆员。

2 “我”字后或脱“们一起”三字。

芳先生：　　利物浦周是有的，编号也已查明，但不借也是枉然，朱总有未必同意出借图书也。承打听，谢谢。

2.21信奉悉。《知堂集外文·四九年以后》亦将印出了。岳麓书社因我已离开，只给我十本，特寄奉一册，请收。

以后赐示，请寄（410005）

〔不是910005〕

长沙市展览馆路出版局宿舍8-5号我收，勿写岳麓书社，易遗失也。

我今后仍当做一点能做的编辑工作，周氏的诗文是一定还要想办法付印一些，[illegible]何况，不过工作更[?]要靠做了而已。

即候著祺

钟叔河 叩 3.1

## 锺叔河致谷林（1989年3月1日）

劳先生：

二月廿一日信[1]奉悉。《知堂集外文·四九年以后》总算印出来了，岳麓书社因我已离开，只给我十本书，特另封寄奉一册，请收。

以后赐示，请寄（410005）〔不是910005〕长沙市展览馆路出版局宿舍8-5我收，千万勿寄往岳麓书社了，易遗失也。

我今后仍当做一点能做的编辑出版工作，周氏的诗文总归是要想办法印成一些稍微满意的本子的，请放心，不过工作无法在岳麓做了而已。

即候著祺

锺叔河 叩

三、一

刊物北图是有的，编号也已查明，但不肯借也是枉然，朱老亦未必得知其中奥窍也，承打听，甚谢谢。

1 此函已遗失。

岳麓书社

祖慰同志：

谢谢您的帮助。如果没有它，我根本做不下去。因为在湖南连最普通的书也找不着，包括解放后印的书(!)。这里根本不是做学问，甚至也不是做编辑的地方。而我却为室家所累，只能钉在这里。但又不甘心完全随大流，总想找一点无聊之事以遣有涯之生，谈不到有什么意思，只能说是一种自我麻醉罢。

《书信》P.757《读南亭山人诗令》云：诗令卷二中有"儿童诗""小姑诗"各四首，此是文字聪俊之士所能下笔。而"儿童杂事诗之二十八"又云"写得小姑诗十首"。故请您把诗令卷二即"胡倚琴"（"儿胡么"系误）找到，把"儿童诗""小姑诗"抄下寄我。此事仍只能又请您帮忙。

又"乙巳赵伯公"一首"去年待笑"引"笑林"云云。赵伯公"笑林"作赵伯翁，是有名的胖子，有姓，无字号。不知关于这位大胖子还有更多的记载否？

匆此，专此请神，问候。唯一可以笔者庆幸的是我只有一点"闲情"）

著安！

钟叔河 此信上 7.18

## 锺叔河致谷林（1990年7月18日）

祖德同志：

谢谢您的帮助。如果没有它，我根本做不下去，因为在湖南连最起码的书也找不着，包括解放后印的书（！）这里根本不是做学问，甚至也不是做编辑的地方，而我却为室家所累，只能钉在这里，但又不甘心完全随大流，总想找一点无聊之事以遣有涯之生，谈不到有什么意思，只能说是一种自我麻醉罢。

《书话》[1]P.753《读南阜山人诗集》云：诗集卷二中有“儿童诗”“小娃诗”各四首，此类文字非俗士所能下笔。而“儿童杂事诗乙之十八”又云“写得小娃诗十首”，故非得把诗集卷二即“湖海集”（“江湖集”疑误）找到，把“儿童诗”“小娃诗”抄下来不可。此事仍只能乞您帮忙了。

又“乙之三赵伯公”一首，《太平御览》引《笑林》云云。赵伯公《类林》作赵伯翁，是有名的胖子，有妹，肥于兄，不知关于这位大胖子还有更早的记载否？

酷热，多扰清神，得罪，唯一可以乞求原谅的就只存一点“同好”了。

著安！

锺叔河 伏枕书

七、十八

1 即《知堂书话》，周作人著、锺叔河编，岳麓书社1986年4月初版。

岳麓书社稿纸　　8.9 复

相湘同志：

今天收到了您7.29的信，外：

高南阜"儿童诗""小姑诗"二纸

《御览》三则 一纸

但信云："前附马解及《御览》另纸分录"。不知是否还有另外一件漏寄了也？但也不要紧，因为信中已明示是王利器《历代笑话集》，这书是不难找的。

十分感谢您的厚情。于下书如果还有我方所不及的难点，还得向您求教。

匆此奉复，即请

夏安

钟叔河上

八月三日

RA604—87.3　　№

## 锺叔河致谷林（1990年8月3日）

祖德同志：

今天收到了您七月廿九日的信[1]，外：

高南阜“儿童诗”“小娃诗”二纸

《御览》三则一纸

信中云：“前将马辑及《御览》另纸分录。”不知是否还有另外一张漏寄了也？但也不要紧，因为信中已明示可查王利器《历代笑话集》。这书是不难找的。

十分感谢您的厚情，干下去如果还有我力所不及的难点，还得向您求教。

先此奉复。即请

夏安

锺叔河 上

八月三日

1 此函已遗失。

# 湖南日报

芳兄：

信收到。知道书已到左右，我就放心了。（[illegible]

[illegible]）

大著[illegible]已寄到，不知[illegible]，也许是病倒了。[illegible]“[illegible]”，[illegible]

[illegible]

我尚未病倒，但早不上班了，[illegible]，聊以遣闲而已。[illegible]

匆匆，不尽。即颂

著祺

钟叔河 [illegible]

[illegible]

社址：长沙市建湘路　邮政编码410071　电话：44999总机转各部门　电报挂号：4357

## 锺叔河致谷林（1991年9月25日）

劳先生：

信收到，知道书已到左右，就放心了。（寄给倪的一本则竟付洪乔。）

大著[1]当时即已奉到，不知何以竟未申谢，也许是病的关系。贱疾为“出血性脑梗塞”，已发作三次，一次比一次重，肯定必死于此，倒也有一点好处，就是其来毫无前兆，一来就人事不知。其实已死过三回了，不过都“假释”出来了而已，何时正式“收监”，则还不知道。

我尚未离休，但是不上班了，抄抄写写，聊以遣闷而已，学问文章都沾不上边，贻笑大方，惭愧惭愧。

匆匆不尽，即颂

著祺

锺叔河 手叩

九月廿五日

1 指《情趣·知识·襟怀》，谷林著，生活·读书·新知三联书店1988年12月初版。

湖南省新聞出版局

祖德先生：

久疏问候为歉。但常在《读书》上得读妙文，知先生佳胜，心境亦佳，又甚高以为慰耳。

我是老而不读书，现在正着手编知堂文编，拟大体按文章之性质分类分卷，每卷中再编年，篇小文亦尽收入。希望先生能够帮我找一找知堂翁的那些期的摄影（合影亦可），十余帧才好。照片想多用几帧，翻拍者多不清晰，又多为熟见者，故欲重寻觅焉。

有《书前书后》小书一册，可望于十月底出版，届时当寄请批评。专此即颂

著祺

钟叔河上

九月十八日

## 锺叔河致谷林（1992年9月18日）

祖德先生：

久疏问候为歉。但常在《读书》上得读妙文，知起居佳胜，心境亦佳，又窃以为慰耳。

我是无事不修书，现在正着手编《知堂文编》[1]，拟大体按主题分类分卷，各卷中再编年，集外文亦尽量收入。希望先生能够帮我找一找知堂各个时期的摄影（合影亦可）。十卷本大书，照片想多用几帧，翻拍者多不清晰，又多为熟见者，故颇觉苦恼。

有《书前书后》[2]小书一册，可望在十月底出版，届时再寄请批评。专此即颂

著祺

锺叔河 上

九月十八日

1 即《周作人文类编》，周作人著、锺叔河编，湖南文艺出版社1998年9月初版。

2 《书前书后》，锺叔河著，海南出版社1992年10月初版。

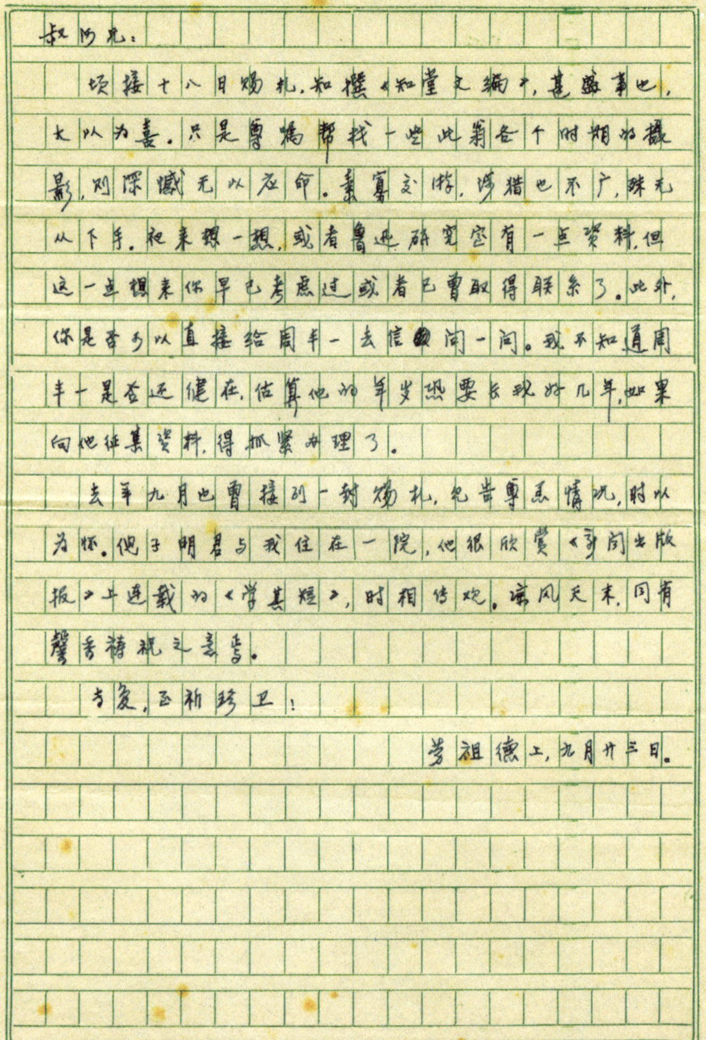

第　　页共　　页

叔河兄：

顷接十八日惠札，知撰《知堂文编》，甚盛事也，大以为喜。只是要嘱帮找一些此翁各个时期的摄影，则深感无以应命。素寡交游，涉猎也不广，殊无从下手。后来想一想，或者鲁迅研究室有一点资料，但这一点想来你早已考虑过或者已曾取得联系了。此外，你是否可以直接给周丰一去信问一问。我不知道周丰一是否还健在，估算他的年岁恐要长我好几年，如果向他征集资料，得抓紧办理了。

去年九月也曾接到一封惠札，见告尊恙情况，时以为怀。侄子明君与我住在一院，他很欣赏《新闻出版报》上连载的《学其短》，时相传观。凉风天末，同有馨香祷祝之意焉。

专复，并祈珍卫！

劳祖德上，九月廿三日。

CZ （1580）20×20=400

## 谷林致锺叔河（1992年9月23日）

叔河兄：

顷接十八日赐札，知撰《知堂文编》，甚盛事也，大以为喜。只是遵嘱帮找一些此翁各个时期的摄影，则深憾无以应命。素寡交游，涉猎也不广，殊无从下手。夜来想一想，或者鲁迅研究室有一点资料，但这一点想来你早已考虑过或者已曾取得联系了。此外，你是否可以直接给周丰一去信问一问。我不知道周丰一是否还健在，估算他的年岁恐要长我好几年，如果向他征集资料，得抓紧办理了。

去年九月也曾接到一封赐札，见告尊恙情况，时以为怀。倪子明君与我住在一院，他很欣赏《新闻出版报》上连载的《学其短》，时相传观。凉风天末，同有馨香祷祝之意焉。

专复，至祈珍卫！

劳祖德上，九月廿三日

# 中国历史博物馆

叔河同志：

从旧存杂件中觅得录存的知堂书序言两篇，亟以寄奉，亦集外文也。我先是录得两书（《风土丛书》所得为铅印线装二册），偶有闲情暇晷，复将两篇序言录出，现在此种旧书大约再不易找到了，而未见或见而未曾录存者，此后殆亦难以踪迹，三十年真是一世也。专此并颂

撰祺。

劳祖德

5月6日

## 谷林致锺叔河（1994年5月6日）

叔河同志：

从旧书杂件中觅得录存的知堂翁序言两篇[1]，亟以寄奉，亦集外文也。我先是买得两书（《风土丛书》所得为铅印线装二册），偶有闲情暇晷，复将两篇序言录出，现在此种旧书大约再不易找到了，而未见或见而未曾录存者，此后殆亦难以踪迹。三十年真是一世也。专此并颂

撰祺。

劳祖德

五月六日

1 其一为后面信中提到的《〈燕都风土丛书〉序》。

湖南省新闻出版局

祖德先生：

有一件事要向您请教，并希望您一定告诉我。

您所写的《〈燕都风土丛书〉序》，周作人自署作于民国廿七年十月八日，不知《燕都风土丛书》曾否刊行？此文曾否发表？发表于何时何处？又出版时间为何年何月？我孤陋寡闻，但又想弄明白，只好请教了。

又，《北平晨报》于北平沦陷后是否仍叫《北平晨报》？（报头和报眉上印的名字）抑或又改变了《晨报》的名称？如果您能见告，尤为感激也。（如此事需要查找，则以后见告亦可）。

我在此事能够知道之前，十分不安。对于别的也请您能多多指教。回长以一直在编"知堂书话"，现在正在阅读发排了。知您事忙，即请

著安

祝您健康长寿

钟叔河上 十月廿日

## 锺叔河致谷林（1994年10月11日）

祖德先生：

有一件事要向您请教，并要请您快一点告诉我。

您抄示的《〈燕都风土丛书〉序》[1]，周作人自署作于民国廿七年十月八日，不知此文曾否发表？发表于何时何处？又《燕都风土丛书》曾否刊行？出版时间为何年何月？我孤陋寡闻，但又想弄明白，只好请教了。

又，《北平晨报》于北平沦陷后，是否仍叫《北平晨报》？（报头和报眉上印的名字）抑或又恢复了《晨报》旧称？如果能够赐告，尤为感激也。（如此事需要查报，则以后再赐告亦可。）

我在北京时，能够和您见面，十分有幸，可惜的是没有能够多多请教。回长后一直在编“知堂分类文编”，现在正在陆续发排了。知注并陈，即请

著安

倪子明同志统此致意

锺叔河 上

十月十一日

1 此题目为谷林所误记，据刊于《京津风土丛书》书前的周作人序言手迹可知，题目应为《奉题〈燕都风土丛书〉》。《京津风土丛书》，张江裁编，民国二十七年双肇楼铅印本。另，《燕都风土丛书》亦为张江裁所编，民国二十八年双肇楼铅印本。

叔河兄：

十一日手教敬悉。《〈燕都风土丛书〉序》，我是从原书上抄下来的，可惜原书已在文革中失去，因之无法确告。起先是在东安市场旧书摊上买得，是油光纸印的线装铅排本，两册，上下略同16开本，左右略同大32开本，外加函套，则非原装，乃摊主所装。此书全名为"京津风土丛书"，张次溪编，内收几种，已不甚省记，似有《一岁货声》、《汪精卫先生蒙难实录》（或为"纪实"），知堂此序是否印在书首，也想不清楚了。出版日在京津沦陷期间，确定的年月和印行的名义，则亦无从查考。此序是否先在报刊上发表过，也不清楚。

抗战期间，弟远在四川，书刊缺乏，外间情况极是隔膜。解放后到了北京，当时旧书刊摊点多，沦陷期间的出版物常所易遇，故得稍事搜买，只因学无专精，所获主要是凭一时好恶，漫无统系，不成片段。文革中扫地以尽，亦不甚痛惜，仅于通过阁下而当数年前承垂询能否复制知堂译书一事时，稍感惆怅耳。至于报纸，则素未留意，关于《北平晨报》，实一无所知，无可报闻。

《文编》发排，闻之欣然，于吾兄之孜孜矻矻，不胜仰止。

专复，即颂撰祺。子明兄并嘱致意。

劳祖德 上

十月十五日

## 谷林致锺叔河（1994年10月15日）

叔河兄：

十一日手教敬悉。《〈燕都风土丛书〉序》我是从原书上抄下来的，可惜原书已在“文革”中失去，因之无法确告。起先是在东安市场旧书摊上买得，是油光纸印的线装铅排本，两册，上下略同，十六开本，左右略同大三十二开本。外加函套，则非原装，乃摊主杂凑。丛书全名为《京津风土丛书》，张次溪[1]编。内收几种，已不甚省忆，似有《一岁货声》《汪精卫先生蒙难实录》（或为“纪实”）。知堂此序是否印在书首，也想不清楚了。出版自在京津沦陷期间，确定的年月和印行的名义，则亦无从查考。此序是否先在报刊上发表过，也不清楚。

抗战期间，弟远在四川，书刊缺乏，外间情况极是隔膜。解放后到了北京，当时旧书刊摊点多，沦陷期间的出版物索价尤廉，故得稍事搜罗。只因学无专精，取舍悉凭一时好恶，漫无统系，不成片段。“文革”中扫地以尽，亦不甚痛惜，仅于邂逅阁下而当数年前垂询能否复制知堂译书一事时，稍感惆怅耳。至于报纸，则素未留意，关于《北平晨报》，实一无所知，无可报闻。

1　张次溪（1909—1968），名涵锐、仲锐，字次溪，号江裁，别署燕归来簃主人等，史学家、方志学家。

《文编》发排，闻之欣然，于吾兄之孜孜矻矻，不胜仰止。专复，即颂撰祺。子明兄并嘱致意。

劳祖德 上

十月十五日

湖南省新闻出版局

祖缘先生：

谢谢您寄给我的好书。此书装帧、版式、印制都很够一流。出版社在这个时候能出这样的书，和编书刻印的陈思先生一样都值得我由衷地顶礼膜拜了。文章多半早已经读过，但一卷在手，自然亲切有味，只有"传统"二字足以形容我的这分感受。

看到《回藏楼》出版的消息后，早想写信给您，因为自己忙（出书去美国，不知何时回），就拖下来。知堂十卷本开印后，"名称"已排了，十卷本都已制成了版，又因为"......不要再印了"，又搁了下来。此书......也许只能作一个记念吧。

敬礼！

钟叔河上 6.1

## 锺叔河致谷林（1995年6月1日）

祖德先生：

谢谢您寄给我的好书[1]。此书装帧、版式、印制都堪称一流，出版社在这个时候还能够这样出书，和做策划的脉望[2]先生一样都值得我五体投地地顶礼膜拜了。大作虽大半早已拜读过，但一卷在手，自然亲切有味，只有“缘份”二字足以形容我的这分感受。

看到海藏楼日记[3]出版的消息后，早想写信给您，因为瞎忙（老婆去美国，家里修房子），耽搁下来。知堂十卷集[4]等了两年，总算“齐、清、定”发排了，十卷书都已制成了版，又因为，“抗日纪念五十周年，汉奸文人的东西不要多印了”，又摆了下来。此事京中关心的友人不少，谨将拙作弁言及凡例寄奉，也算是作一个交代吧。

敬礼！

锺叔河 上

六、一

1 指《书边杂写》，谷林著，辽宁教育出版社1995年3月初版。

2 指当年帮助辽宁教育出版社策划选题的沈昌文、陆灏等人。

3 应为《郑孝胥日记》，中国国家博物馆编、劳祖德整理，中华书局1993年10月初版。

4 即《周作人文类编》。

湖南省新闻出版局

祖德先生：

寄给您的一本书刚封上，又收到您上边几句。

我已在P.87、P.194两处看到了您的意见。是这一回太赶，十分抱歉。但P.139的《九尾鱼》，这书名我没有接触过，不知是不是《九尾龟》之误？

现在印书，校对已成为最令人头痛的难题。前边都是交由他决，我就没有校对。这套书中苏、戴、周、胡几种（不是小册子）合集，我想是重印的。"三百篇"之类可属于"何必也可以"，我就去博弈算了。即问刊好，同日。

## 锺叔河致谷林（1995年6月×日）

祖德先生：

寄给您的一本小书刚封口，又匆匆写上这几句。

我已在P.87、P.194等处看到了您的笔迹，具见一丝不苟，十分佩服。但P.139的《九尾鱼》，这书名我没有接触过，不知是不是《九尾龟》之误？

现在印书，校对已成为无法解决的难题。蒋廷黻著近代史我就没有校对，这套书中蒋、戴、周、胡、李小峰等几种确是我想要印的，“三百首”之类则属于“清心也可以”，犹胜于博弈罢了。

叔河再拜，同日。

湖南省新闻出版局

芝才先生：

您好！所信想已展览。「数码字」这篇好文，我看了好几遍，使人得益匪浅，「语言的革命」之功也不可谓非常大，如「后入后宫」之类无论矣，以前人只想找一个刻字先生的词，在「辞海」中竟找不到「刻」，原来它既不属金又不属刀，已经归入文部了。

正好这几天在看曾国藩家书手迹（台湾影印的），在谈到祖父去世开吊的信中有这样一句：

香烛膳下另去兑乐，店内用钱〡七千

这「〡七千」不知是不是「十七千」？又如钱来与膳下的点地有这么多。您说的「苏州码子」，长沙过去叫「汉码字」（与「洋码字」相对），为「〡〢〣〤〥〦〧〨〩十ナ千万」，没有「〡」和「七」。特请教博雅，还不吝指示为幸。专此即请

著安

钟叔河 百拜

六月九日

又此交之信，信封尺寸硬性规定，自己自立不行，也是垄断的坏处之一件也。

## 锺叔河致谷林（1995年6月9日）

劳先生：

您好。前信想已尘览。“数码字”这篇妙文我看了好几遍，深感这几十年“语文改革”之功甚小而罪滋大，如“后入后室”之类无论矣，前几天想找一个刘字头的词，在《辞海》中竟找不到“刘”，原来它已[1]不属金又不属刀，已经被改[2]归文部了。

正好这几天在看曾国藩家书手迹（台湾影印的），在说到祖父去世开吊的信中有这样一句：

香烛剩下者卖与店内得钱丿七千

这“丿七千”不知是不是“十七千”？又怀疑未必剩下的香烛有这么多。您说的“苏州码子”，长沙过去叫“汉码字”（与“洋码字”相对），有“丨”和“十”[3]，没有“丿”和“七”，特请教博雅，乞不吝指示为幸。专此即请

著安

锺叔河　百拜

六月九日

又如寄信，信封尺寸硬性规定的这么小，也是莫明其妙的一件事。

1　原函为“既”，今依作者所改。

2　“被”字为作者所增。

3　依作者所改。

中央电视台

叔河兄：

赵丽雅同志跑了两趟，六月六日先送来"同日"一笺，九月才送到"刚封口"的"一本小书"。多谢多谢！我在四月份住了廿几天医院，切除胃溃疡，以及溃疡面上的癌肿点五处，手术经过顺利。出院后继续注射抗原体，手术医师提出过化疗，我踌躇未定，先改找中医服汤药，再观后效。现在恢复尚属良好，只是显得虚弱，走路腿发软，坐着则无所苦，无碍读写，已属万幸。

"杂写"上署有"责任校对"的名字，出错罪无可逭。我见书后，先发现一个错字（P87）和一个标点（P93）。后来一位友人指出还有一个错字（P194）。我乃重看一遍，才发现139页上还有一个错字和一个标点，已寄出二十本皆未及改正。昨天还承一位友人来信告第3页上"十七年"应是"二十七年"之误，证明落叶难扫，而且我也精力衰退，毫学无及了。

海南版的"近代史"，可爱之至，岳麓版的大32开本，我虽早买了一本，却一直搁着未多细看，这回就想一起看一下。袖珍本未收"外"第三种，这使我大、小两种都想留着，不舍得转送掉一种。书末"读过""还要读"的广告辞也极好，惜书名后未注作译者名字为憾。

知堂十卷集弁言和凡例读后，更益饥渴，还要

## 谷林致锺叔河（1995年6月11日）

叔河兄：

赵丽雅[1]同志跑了两趟，六月六日先送来“同日”一笺，九日才送到“刚封口”的“一本小书”。多谢多谢！我在四月份住了廿几天医院，切除胃溃疡，以及溃疡面上的癌肿点五处，手术经过顺利。出院后继续注射抗原体，手术医师提出过化疗，我踌躇未定，先改找中医服汤药，再观后效。现在恢复尚属良好，只是显得虚弱，走路腿发软，坐着则无所苦，无碍读书，已属万幸。

“杂写”上署有“责任校对”的名字，出错罪无可逭。我见书后，先发现一个错字（P87）和一个标点（P93）。后来一位友人指出还有一个错字（P194），我乃重看一遍，才发现一三九页上还有一个错字和一个标点，已寄出二十本皆未及改正。昨天还承一位友人来信告第三页上“十七年”应是“二十七年”之误，证明落叶难扫，而且足见精力衰退，耄学无及了。

海南版的“近代史”[2]，可爱之至，岳麓版的大三十二开本，我虽早买了一本，却一直搁着未曾细看，这回就想一起看一下。袖珍本[3]未收“外”第三种，这使我大、小两种都想留着，不舍得转送掉一种。书末“读过”“还要读”的广告辞[4]也极好，惜书名后

1 赵丽雅（1954— ），笔名扬之水，时任《读书》杂志编辑，后调中国社会科学院文学所任研究员。

2 指《中国近代史》，蒋廷黻著，海南出版社1994年8月初版。

3 指海南出版社当时推出的“人人袖珍文库”。

4 指“都是父亲读过儿子还要读的书”。

中　央　电　视　台

"摆"多久呢？"不要多印"可否作几种理解：十卷不一次出齐，不做整版广告，印数暂控×千，诸如此类？目下买书之难几有踏破铁鞋之势，出版消息亦极不通畅，网损易极！

弟与倪子明兄同住一院（朝内大街203号，邮编100010），朝夕见面，退休生活中有此一节，殊足乐也。杨书谓"家里修房子"，想通讯地址不变，此信仍寄原处，容无误。兄再来信，亦乞径寄"朝内"，免劳丽雅兄转达之烦也。

率复，不尽欲言，敬候起居。

劳祖德上，六月十一日

未注作译者名字为憾。

知堂十卷集弁言和凡例读后，更益饥渴，还要“摆”多久呢?“不要多印”可否作几种理解：十卷不一次出齐，不做整版广告，印数暂控 × 千，诸如此类。目下买书之难几有踏破铁鞋之势，出版消息亦极不通畅，闷损曷极!

弟与倪子明兄同住一院（朝内大街203号，邮编100010），朝夕见面，退休生活中有此一节，致足乐也。赐书谓“家里修房子”，想通讯地址不变，此信仍寄原处，容无误。兄再来信，亦乞迳寄“朝内”，免劳丽雅君转递之烦也。

率复，不尽欲言，敬候起居。

劳祖德上，六月十一日

湖南省新闻出版局

祝[illegible]先生：

得十一日书，知贵体违和，万望珍摄。先生说[illegible]化疗，还是自认[illegible]之象。我有位女同事，82年即[illegible]，手术后好了九年，89年发现转移，又在[illegible]化疗，每年二次，至今[illegible]，每月至少参加我们的读书节目。同样还有位老同志，今年已68岁，84年又查出为肝癌，到上海长海医院动肝癌手术，[illegible]化疗，[illegible]，[illegible]，精神也好，[illegible]。以上[illegible]，[illegible]，[illegible]，[illegible]也。

前信讨教"[illegible]""人七"是否"十七"，想已[illegible]，[illegible]，至为抱歉。[illegible]另一册寄呈，另一本"[illegible]"[illegible]。[illegible]即颂

痊安

钟叔河 6.14

## 锺叔河致谷林（1995年6月14日）

祖德先生：

得十一日书，知贵体违和，万望珍摄。医生既建议化疗，还是得认真听取医嘱。我有位女同学，八二年即确诊为乳癌，手术后好了几年，八九年发现转移，之后即坚持化疗，每年二次，至今生活如常，每月至少到舍间找内人谈笑半日。同楼还有位老同志，今年已六十八岁，八四年确诊为肝癌，到上海长海医院切除病变部分后，即[1]坚持化疗，亦至今无恙，每天种花养鱼，精神甚好，唯头发脱落稍多耳。此二例可见癌并不可怕，何况尊体不过溃疡面上有疑似之处，发现和切除都比这两位更早，如果遵手术医师之嘱，继续施治，必可早日彻底康复也。

前信请教"汉码子""丿七"是否"十七"，想已尘览，多扰清神，实在抱歉。小书另一册[2]寄奉，另一本《周作人胡适谈近世文学》[3]烦转交倪子明同志，均乞察收为幸。匆此即颂

痊安

锺叔河

六、十四

1 原函为"亦"，今依作者所改。

2 指《蛮性的遗留》，[美]摩耳著，海南出版社1994年8月初版。

3 应为《胡适周作人论中国近世文学》，胡适、周作人著，海南出版社1994年8月初版。

# 中 央 电 视 台

叔河兄：

昨天一早，丽雅同志亲持惠函一件来舍，说是星期一便收到了没空，想来不会有急事故迟至昨日，即廿一日始转给。拆看乃九日赐函，大约因周末休假两日，收发室又有周转的手续，致延搁如此。我向"三联"订购几本《草写》，迄今尚未寄到，手头只存一本，毫无办法，只得向索要的朋友致歉，同我一起等待。近午，老伴到传达处取报，又得赐寄《画蛇的遗嘱》和嘱转子明兄之件，展读十四日手教，承殷殷叮咛诊治摄养之道，感谢感谢。所说曾国藩家书中的数码，殊疑惑难解。此种洋码（即在江浙一带习称的苏州码子），一般都是横写的。尹复的日记是横写的，故适用；而曾氏家书似是直写的，故不适用。兄引录之句，末二字既为"七千"，其为"汉码"，确凿无疑；对其上之"丿"，殆亦可能是数码的另一体。是否手书原迹有损坏，或影印不甚清晰，遂致模糊难认。此字如为数码，似只能是"十"字，如果横划写得很短（近乎一个顿号），而一竖与下文"七"字首笔（一横）连笔，便有可能近于"丿"矣。此是盲人摸象，纯属瞎猜。曾氏笔墨端凝，此种情形极少见也。远道下问，虚负盛意，至深歉愧。匆复，顺候撰祺。

弟劳祖德上言

1995.6.22.

## 谷林致锺叔河（1995年6月22日）

叔河兄：

昨天一早，丽雅同志亲持惠函一件来舍，说是星期一便收到了，没空，想来不会有急事，故迟至昨日，即廿一日始转给。拆开乃九日赐函，大约因周末休假两日，收发室又有团团转的手续，致延搁如此。我向“辽教”订购几本《杂写》，迄今尚未寄到，手头只存一本，毫无办法，只得向来要的朋友致歉，同我一起等待。近午，老伴到传达处取报，又得赐寄《蛮性的遗留》和嘱转子明兄之件，展读十四日手教，承殷殷叮咛诊治摄养之道，感谢感谢。所说曾国藩家书中的数码，殊疑惑难解，此种洋码（即在江浙一带习称的苏州码子），一般都是横写的。严复的日记是横写的，故适用；而曾氏家书必是直写的，故不适用。兄引录之句，末二字既为“七千”，其为“汉码”，确凿无疑；则其上之“丿”，殆不可能是数码的另一体。是否手书原迹有损坏，或影印不甚清晰，遂

致模糊难认。此字如为数码，似只能是“十”字，如果横划写得很短（近乎一个顿号），而一聚与下文“七”字首笔（一横）连笔，便有可能近于“丿”矣。此是盲人摸象，纯属瞎猜，曾氏笔墨端凝，此种情[1]极少见也。远道下问，虚负盛意，至深歉愧。率复，顺候撰祺。

弟劳祖德 上言

一九九五、六、二十二

1 “情”字后疑脱“形”字。

**湖南省新闻出版局**

芳先生：

"汉印"多日未能早些地回复，很是抱歉。因近[illegible]对于汉印的白文，有将新印件[illegible]上，之一[illegible]用当年。我近日[illegible]氏手书已清楚的，新印也有模糊，但"七千"上的一横能否确定为"十"，我[illegible]没有把握。现在印本，大异当时，尤其是[illegible]。盖字体印的[illegible]上的正字，[illegible]不知怎的竟成了另外的字。[illegible]，但此看来，对此推敲，也似乎不必。不过意[illegible]到一点什么。又不能对着[illegible]新印的真本，就只能[illegible]而已。新印件仍挂还。要望于[illegible]，多谢。即颂[illegible] 钟叔河[illegible]

## 锺叔河致谷林（1995年6月26日）

劳先生：

“汉码”事仍蒙不厌其烦地赐复，很是抱歉。因通信难于讲得明白，兹将影印件寄上，乞一寓目为幸。我觉得曾氏手书是清楚的，影印也并不模糊，但“七千”上的一撇能否确定为“十”，总没有把握。现在印书，大异昔时。尤其在湖南，签字付印的胶片上的正字，常常不知怎的变成了另外的字，简直防不胜防。照此看来，如此推敲，也似乎不必，不过这牵涉到一点个人兴趣，又碰巧看到您讲苏州码子的文章，就想弄个明白而已。影印件仍乞掷还，更望珍摄玉体。匆匆不尽，即颂

佳吉

锺叔河 百拜

廿六日

中 央 电 视 台

叔河兄：

顷接廿六日惠函寄示曾氏第二十一号手书复印件，细看后觉得第二页末行夹注"七千"之上所缺一字的残余，似非一笔而是两笔，即兄说的一撇，其起笔像一墨点，颜色较深，形态则与次一字"七"的"乚"起笔接近；而撇的后半部分墨色较淡，如把它当做一横来看，试把前行"席十二禀"的十字右下角掩去，就颇类似了。总之此处所缺是一汉字而非"码子"，毋可断言。从来件看，第一笺首行"十一"下的"月"字和次行"祖父大人计"下的"告"字均残，不知是复印造成的不足，还是兄所见原件亦皆如此？来信说"曾氏手书是清楚的，影印也并不模糊"，从附下的数笺看来，似有漫漶处也。又此件第三笺与第四笺辞气脱节，弟疑中间脱落一笺，全信殆非完璧。

弟体粗安，别无所苦，只是精力不足，走动辄有头重脚轻之感，出门生怕遇难。现服中药，从此方中略可辨认的几味草药看去，大抵是补益之品，究竟作用如何，亦难言也。每周由老伴陪同上医院一次，每次由女儿起一大早先去医院挂号，亦一烦恼事也。年近八十，一病遂觉衰象丛生，真不知如何是好！

草复，顺颂撰祺。

弟劳祖德上言，

一九九五，六，廿九。

## 谷林致锺叔河（1995年6月29日）

叔河兄：

顷接廿六日惠函寄示曾氏第二十一号手书复印件，细看后觉得第二页末行夹注“七千”之上所缺一字的残余，似非一笔而是两笔，即兄说的一撇，其起笔像一墨点，颜色较深，形态则与次一字“七”的“乚”起笔接近；而撇的后半部分墨色较淡，如把它当做一横来看，试把前行“席十二桌”的十字右下角掩去，就颇类似了。总之此处所缺是一汉字而非“码子”，必可断言。从来件看，第一笺首行“十一”下的“月”字和次行“祖父大人讣”下的“告”字均残，不知是复印造成的不足，还是兄所见原件亦皆如此？来信说“曾氏手书是清楚的，影印也并不模糊”，从附下的数笺看来，似有漫漶处也。又此件第三笺与第四笺辞气脱节，弟疑中间脱落一笺，全信殆非完璧。

弟体粗安，别无所苦，只是精力不足，走动辄有头重脚轻之感，生怕磕碰。现服中药，从处方中略可辨认的几味草药看去，大抵是补益之品，究竟作用如何，亦难言也。每周由老伴陪同上医院一次，每次由女儿起一大早先去医院挂号，亦一烦恼事也。年近八十，一病遂觉衰象丛生，真正如何是好！

率复，顺颂撰祺。

弟劳祖德 上言

一九九五、六、廿九

P

宏林先生：

谢谢您的指示，把我所认为的"一隅""还原"为残损字，原来的疑团就解决了。我的写来草率，实在惭愧得很。

汉民族靠中医繁衍至今，中药只要服对症，就能治病也是有的，不过我总觉得还是多少也吸取一些经过现代医学训练的专家的意见，中西结合吧。

我比您大了十多岁（今年65），但因为生过九年病，又在三十多岁时即脱发过（现已有四五回）（不是偶然的遗传），所以健康情况也很不好，已时刻准备去见上帝！此点要请您体谅之不足，和您的差距也无法填补的。专此致谢，即请

康安

钟叔河 上
七月二日

15×20=300　　湖南文艺出版社

## 锺叔河致谷林（1995年7月2日）

谷林先生：

谢谢您的指示，把我所认为的“一撇”“还原”为残损字，原来的疑团就解决了。我的马虎草率，实在惭愧得很。

汉民族靠中医药繁衍至今，中药只要能对症，效验当然是有的，不过我总觉得无妨也听取一些经过现代医学训练的专家的意见，中西结合吧。

我比您小了十多岁（今年六十五），但因为坐过九年牢，又在五十多岁时即脑出血过（现已发过三回），所以健康情况也很不好，已时有日暮途远之惧，不免倒行逆施，此关系读书修养之不足，和您的差距是无法弥补的。专此致谢，即请

痊安

锺叔河 上

七月二日

叔河兄：

久不通问，时切驰思，顷读《文汇读书周报》，知重编《知堂书话》，深为喜慰，特别是分类归并，序次分明，于读者大有好处。岳麓印行周著，加上去的校记和索引，真是功德！陈子善先生编"集外文"，有书名、人名索引，好处正同。兄昔说按主题分类的十卷全集，不知出版安排究竟如何，甚念念。香港出版的两种书信，不知岳麓亦能重印否。四川出版"早年佚简"，得未曾有。兄能贾其余勇，设法辑集其生平书札否？如能商得俞平伯先生家属同意，以其所存知堂书信手迹付之影印，平伯先生手札，周府亦或有存者，一并编集，则诚天壤间之瑰宝焉。弟偶重翻《亦报》随笔，略有疑误，兹摘出录陈，或重印时稍资参酌。草草敬颂

撰祺！

劳祖德上

一九九七年九月三日。

## 谷林致锺叔河（1997年9月3日）

叔河兄：

久不通问，时切驰思，顷读《文汇读书周报》，知重编《知堂书话》[1]，滋为喜慰，特别是分类归併，序次分明，于读者大有好处。岳麓印行周著，加上去的校记和索引，真是功德！陈子善先生编“集外文”，有书名、人名索引，好处正同。兄昔说按主题分类的十卷全集，不知出版安排究竟如何，甚念念。香港出版的两种书信，不知岳麓亦能重印否。四川出版“早年佚简”，得未曾有。兄能贾其余勇，设法辑集其生平书札否？如能商得俞平伯[2]先生家属同意，以其所存知堂书信手迹付之影印，平伯先生手札，周府亦或有存者，一并编集，则诚天壤间之瑰宝焉[3]。弟偶重翻《〈亦报〉随笔》，略有疑误，兹摘出录陈，或重印时稍可参酌。草草，敬颂

撰祺！

劳祖德 上

一九九七年九月三日

1 即《知堂书话（增订重编本）》，周作人著、锺叔河编，海南出版社1997年7月初版。

2 俞平伯（1900—1990），原名俞铭衡，字平伯。学者、散文家。

3 “焉”疑当作“矣”。

大札所发现错字足43条。可谓对不住，见谅了吧。

第　　页

祖德先生：

很感谢先生指出《永恒随笔》和《林序》中的错误，当设法在还没有印出的书中改正。

《书话》係在文字603厂（蘷樊）印，听说已印成，但我还没有见到，当嘱出版者寄样书来给送上一部，尚望将其他的错误不吝指教，非为我，实为知堂也。

十卷本早已制片，但因为[illegible]一句话，[illegible]认为还须"摆一摆"。现在湖南文艺出版社出的本，听说好也快完了（印书费已不能印了）。

我早就戴上了"编著汉奸文字"的帽子（周为汉奸，宣传者也是汉奸），现在年已67岁，又多病，也不能为它们再争什么了。《书话》就是在外省出的，不然也还印不了的。

匆此

著祺

钟叔河上
9.7/97

15×20=300　　RA6.50—926　　湖南省新闻出版局信笺

拙编周氏往来书信三册即将于年内出版，届时当寄呈教正。

## 锺叔河致谷林（1997年9月7日）

祖德先生：

很感激您指出《〈亦报〉随笔》和拙序中的错误，当设法在还没有印出的书中改正。

《书话》系在文字六〇三厂（襄樊）印，听说已印成，但我还没有见到，当嘱出版者于样书出来后送呈一部，尚望将发现的错误不吝指教，非为我，实为知堂也。

十卷本早已制片，但因为一句话，认为还须"摆一摆"，就摆在湖南文艺出版社出版科，听说片子也快黄了（"菲令"发黄即不能印了）。

我早被戴上了"偏爱汉奸文字"的帽子（周为汉奸，曾国藩也是汉奸），现在年已六十七岁，又多病，也不准备在湖南编什么书了，《书话》就是在外省出的，不过书还印得可以。

匆请

著安

锺叔河 上

九七、九、七

拙编"曾氏往来家书"[1]三册亦可于年内出版，届时另寄呈教正。

《大报》所发实际上是四十二篇。前言不对后语，荒谬可笑。

1 指《曾国藩往来家书全编》，锺叔河汇编校点，海南出版社1997年8月初版。

**湖南省新闻出版局**

祖德先生：

敬问安好。拙编"曾氏往来家书"已印出，请托《书屋》负责人周实同志代为寄上一部（二册），祈察收。（因原书多已，其家人来信则尚可作闲书看看，也有社会史料价值。）

"知堂书话"增订重编本亦已印出，但因是在外地（襄樊603厂）印的，样书在别人手里，带到长沙来给我的几部已为见到的朋友攘夺一空（已光），故暂时无法寄奉。此书听说已上市（据说由万圣书园代销），不知反映如何？但二册卖至92元（此家书二册更卖到148元），恐读书人难得有钱买。

## 锺叔河致谷林（1997年11月12日）

祖德先生：

敬问安好。拙编“曾氏往来家书”已印出，谨托《书屋》负责人周实[1]同志代为寄上一部（三册），祈察收。（国藩书多见，其家人来书则尚可作闲书看看，也有社会史料价值。）

《知堂书话》增订重编本亦已印出，但因是在外地（襄樊六〇三厂）印的，样书在别人手里，带到长沙来给我的几部已为见到的朋友攘夺以去（见笑），故暂时无法寄奉。北京听说已上市（据说由万圣书园代销），不知反映如何？但二册卖至九十二元（此家书三册更卖到一百四十八元），恐读书人难得有钱买。此等事情我们也作不了主，只希望老板肯把书印得稍微像样一点就算了。

1 周实（1954— ），时任《书屋》杂志主编。

我有一信托吴彬转交董秀玉同志，也不知是收到否？因[illegible]来我和[illegible]先生来信，云已三[illegible]给钱先生看，我以[illegible]不相识，故复一问耳。是否寄去，以后再不打扰也就是了。（我不知三联和董的新地址，只知道书的新地址，故烦吴君也。）

湖南省新闻出版局

此书的事情我们也作不了主，只希望老周肯把它印得稍微像样一点就是了。

我去年第二次脑出血，病来时很是凶险，幸如林副统帅所云，“[illegible]”又挺过了一次，现又想得到可写字做事了，但想干点什么毕竟更不如前矣。以后当不拟再编什么书了，编了书亦难得印成，如错排漏校即以不胜计。本书上卷序第14面倒3行的“落英”即系“落叶”之误，请先生自己改一下。因为书已排定，托周君告还即更麻烦矣。

书到后乞寄我数本，以便赠人。敬请

著安

[illegible]先生前乞代问安好

钟叔河

11.12/97

我去年第二次脑出血，病来时颇凶险，全仗[1]“林副统帅”所云“爹妈给的”又抵挡了一次，现又勉强可以写字做点事了，但整个身体毕竟更不如前矣。以后亦不拟再编什么书了，编了书亦难得印成，如错排漏校，即改不胜改。本书上卷序十四面倒三行的“藩黄”即系“藩文”之误，请先生自己改一下，因为书如拆包，托周君寄递即更麻烦矣。

书到后乞简复数字，以便放心。敬请

著安

倪子明先生前乞代问安好。

锺叔河

九七、十一、十二

我有一信托吴彬[2]同志寄董秀玉同志，不知吴收到否？因陆文虎[3]来我处索要钱默存[4]先生来信，云是三联要他编钱先生集。我与陆君并[5]不相识，故须一问耳。吴君如太忙，以后再不打扰也就是了。（我不知三联和董的新地址，只知《读书》新地址，故烦吴君也。）

---

1　原函作“幸如”，今依作者所改。

2　吴彬，《读书》杂志编辑。

3　陆文虎（1950—　），学者，曾任解放军艺术学院副院长、院长等职。

4　即钱锺书（1910—1998），字默存，号槐聚。学者、作家。

5　原函误作“先”。

叔河兄：

十一日惠函于十五日奉悉，前一信则是九月十二日收到的。前信未谈及发病事，这次才知道，即与子明兄道及，我们都牵挂得很，至望多加保重。

子明兄今天与董秀玉同志通了电话，才知道她从德国回来，只等了两天，又到哪一个外国去了一趟，才回来，还没见过吴彬的面。她告诉子明兄说，由陆文虎编钱集，是杨绛推荐的，故无问题，她并说，当另函向你详谈此事。

承赐尊编"家书全集"三大册，亦于今日由周实兄代寄到，至为感谢。印装极为漂亮。我按来信指示打开上卷第14页想看改倒了行的那个错字，但细看一遍，此"藩黄"两字似不必改动，因抄错引起断句错误，你接下去在15页上已叙述得很清楚了。

我倒是在另一处发现一个疑问，即载在《芙蓉》第六期上的大作《谈成都》，页153右4-5，分别注明王建、薛涛生卒年份。他们死在同年，而王长于薛二岁。下一页文末，再注王建生卒年，却与上一页不同，我查了一下黑龙江旧版的历史人物年表，后一说是。但依后说，王建生时，薛涛年已15载，则王不当有赠薛诗。是否有先后两王建，我没有多查考，因给你写信，顺便乘机一问。此文子明亦极口称赞。可惜我现在所见极少，很多报刊文字遂未能寓，至为怅怅。

周实兄处，我当另行去函道谢，我很想能给《书屋》写些什么，只是衰老慵懒，思迟笔钝，拖拖拉拉，常凑不成篇为憾。

《书话》在京想有办法求得，不必别为张罗了。至感！

专复，敬颂

附缀：子明兄嘱笔附候。　　　　弟芳祖德拜上，97-11-17.

## 谷林致锺叔河（1997年11月17日）

叔河兄：

十一日惠函于十五日奉悉，前一信则是九月十二日收到的。前信未说及发病事，这次才知道，即与子明兄道及，我们都牵挂得很，至望多加保重。

子明兄今天与董秀玉同志通了电话，才知道她从德国回来，只等了两天，又到哪一个外国去了一趟，才回来，还没见过吴彬的面。她告诉子明兄说，由陆文虎编钱集，是杨绛[1]推荐的，故无问题。她并说，当另函向你详说此事。

承赐尊编“家书全集”三大册，亦于今日荷周实兄代寄到，至为感谢。印装极为漂亮。我按来信指示，打开上卷第十四页想遵改倒三行的那个错字，但细看一遍，此“藩黄”两字似不必改动，因抄错引起断句错误，你接下去在十五页上已叙述得很清楚了。

我倒是在别一处发现一个疑问，即载在《芙蓉》第六期上的大作《说成都》，页一五三右四至五，分别注明王建、薛涛生卒年份。他们死在同年，而王长于薛二岁，下一页文末，再注王建生卒年，却与上一页不同，我查了一下黑龙江旧版的历史人物年表，后一说是。但依后说，王建生时，薛涛卒已十五载，则王不当有

1　杨绛（1911—2016），本名杨季康，翻译家、文学家、戏剧家。

赠薛诗。是否有先后两王建，我没有多查考，因给你写信，顺便乘机一问。此文子明亦极口称赞，可惜我现在所见极少，很多报刊文字遂未能寓[1]，至可惋怅。

周实兄处，我当另行去函道谢，我很想能给《书屋》写些什么，只是衰老愈懒，思迟笔钝，拖拖拉拉，常凑不成篇为憾。

《书话》在京想有办法求得，不必别为张罗了，至感！

率复，敬颂

时绥！子明兄嘱笔附候。

弟劳祖德拜上，九七、十一、十七

1 "寓"字后脱"目"字。

祖德先生：

十七日手示敬悉。《芙蓉》是地方小刊物，您都注意到了，足见博览。我素不善为文，尤不能写所谓纯文学的"散文"，而《芙蓉》有一两位青年朋友极力相邀，又借朱正、朱健两位旧友以为号召，附骥列名愧甚，谢绝又怕失友谊，故不得不勉强应命，贻笑大方了。

王建有两个。第一个是诗人，同张籍唱和的。第二个则是"贼王八"，出身在五代时据两川称蜀主（梁灭唐后自立为帝，在位十二年）的，其墓在成都，抗战中发掘出土大量文物，墓床刻有乐伎一部，为重要音乐史料，很值得一看的。我因为前后两王建弄混一次，才注出生卒年，顺便也把跟第一个王建做朋友的张籍的生卒年注了一下，以见二人年相近，不像"人民诗人"白乐天[illegible]好了。

《袁城新》中还有一处明显的差错，"居然做了一家亲"，"今来不觉是一家亲"，第一个"亲"字应为"人"字，这是我自己弄错的，凭记忆"一家亲"就"一家亲"了，也没有认真核一遍。67岁老人而尚不能细心，却蒙您指出，惭愧惭愧。手此回答诸点，感谢之余，也代致意。专此即颂

佳吉

钟叔河上 11.20/97

## 锺叔河致谷林（1997年11月20日）

祖德先生：

十七日手示敬悉。《芙蓉》是地方小刊物，您都注意到了，足见博览。我素不善为文，尤不能写所谓纯文学的“散文”，而《芙蓉》有一两位青年朋友极力相邀，又借朱正、朱健[1]两位同志以为招致，附骥则有愧于心，谢绝又怕老友误会，故不得不勉强应命，贻笑大方了。

王建有两个[2]。第一个是诗人，同薛洪度唱和的；第二个则是“贼王八”，出身在五代时据两川称蜀主（梁灭唐后自立为帝，在位十二年）的，其墓在成都，抗战中发掘出土大量文物，墓床刻有乐伎一部，为重要音乐史料，很值得一看的。我因为前后两王建并非一人，才注出生卒年，顺便也就把跟第一个王建做诗的薛涛的生卒年注了一下，以见二人年相近，不像“人民诗人”白乐天玩雏妓了。

1　朱健（1923—　），原名杨镇畿、杨竹剑，“七月派”诗人、作家。

2　谷林1997年12月2日致周实函云：“上月廿四又承叔河兄赐函，见告与薛涛同时有两王建，……远道裁答，感愧交并。锺兄处敬烦吾兄代申谢忱，此次不另作书，幸勿以疏脱责之也。”（见《谷林书简》，南京师范大学出版社2009年10月初版，第159页。）

《看成都》中还有一处明显的差错。“居然满汉一家亲”，“本来云贵是乡亲”，第一个“亲”字应为“人”字，这是我自己弄错的，凭记忆“一家亲”就“一家亲”了，也没有认真校一遍。六十七岁在您面前不能称老，却荒忽如此，惭愧惭愧。子明同志错爱，感惭交并，乞代致意。耑此即颂

佳吉

锺叔河 上

九七、十一、二十

98.3.15复

叔河兄：

有一位新近通问的友人自兰州寄来一信，谈及知堂著作出版问题，转述贵事，即以原函奉阅。我已答复他，出书的阻碍不在无出版社接受，而是顶上有盖子。如改与敦煌接洽，书件往还恐未免周章。又有一位止庵，辑鲁迅的故家、鲁迅小说里的人物、鲁迅的青年时代三书，益以此外散篇为关于鲁迅一厚本，去年三月由新疆人民印七千册，近闻已安排第三次印行，止庵笑说此书成了他的代表作了。止庵对按主题归并把原著解散的办法持保留，但我十分看重他的校勘和索引，如聊事夸张，殆可说举世无第二人。但若印成精装的厚本子，则深有不堪负荷之苦。止庵又曾策画校印知堂译文全集，好像说起与张楚芳君联系过，拟设法把以前为出版社删去的注释等文字尽量补上，果能成事，自是一大功德也。数月未通候，不胜驰思，敬候时绥。

弟劳祖德上，九八年三月八日。

## 谷林致锺叔河（1998年3月8日）

叔河兄：

有一位新近通问的友人自兰州寄来一信[1]，谈及知堂著作出版问题，转述费事，即以原函奉阅。我已答复他，出书的阻碍不在无出版社接受，而是顶上有盖子。如改与“敦煌”接洽，书件往还恐未免周章。又有一位止庵[2]，辑《鲁迅的故家》《鲁迅小说里的人物》《鲁迅的青年时代》三书，益以此外散篇为《关于鲁迅》一厚本，去年三月由新疆人民印七千册，近闻已安排第三次印行，止庵笑说此书成了他的代表作了。止庵对按主题归并并把原著解散的办法持保留，但我十分看重您的校勘和索引，如略事夸张，殆可说并世无第二人，但若印成精装的厚本子，则深有不堪负荷之苦。止庵又曾策画校印知堂译文全集，好像说起与张菼芳[3]君联系过，拟设法把以前为出版社删去的注释等文字尽量补上，果能成事，自是一大功德也。数月未通候，不胜驰思，敬候时绥。

弟劳祖德上，九八年三月八日

1 可参阅谷林1998年3月6日致张际会函，见《谷林书简》第35页。

2 止庵（1959－ ），原名王进文，学者、作家。

3 张菼芳（1921－2012），周丰一之妻。

叔和同志：

三月十五日惠函于廿二日收到，我抄存一通，把原件转寄给兰州的张君了。来信中所述的一些情况和意见，想转告止庵君，拖拖拉拉也还没有办。倒是有一件事很愉快，四月二十日在敝居后街一家叫做"修齐治平"的小书店里买到"增订重编本"《知堂书话》，晚饭既罢，灯下摩挲，怡然自乐。

去年底在《书人茶话》读到尊作《辞年》短文，我粗心大意，以为所说已交稿给出版社了的"散文全集"亦即早就成了胶片只等发印的"分类文编"。这回才知道是两种文本。此十二卷编年全集，该也辑存了全部集外文，现在又已过了一个半月，商订合同事不知也已谈妥否。分类和编年，各擅胜场，不能偏废。我记得鲁迅书简曾有一种是按收信人分列编排的本子，手头已不存，偶亦觉得不便。

"止庵君编的诗集我看到过"，殆非指其所编《沙鸥诗选》，沙鸥是止庵的先人。他以前编过一册《周作人晚年散文选》，由湖北人民于九四年出版。新编的一种曰《关于鲁迅》，当即来书所说"论鲁迅"。学林九五年印行的周的《全编笺注》，笺注者为王仲三，是否足下误记以为止庵了？

三十多年前，我在出版局管过一阵出版用纸的分配工作，那时候曾很反对出版社排印大字本，如今则大吃小字本的苦头，每天持放大镜读报，持放大镜查《辞海》，再翻开书来，眼花缭乱，就认不清点划了。是以虽长日无事，却读书很少，读得极慢，忘得极快，可笑至极。

厚本硬面，少得摊卷伏案，于懒人殊不相宜，但若磨墨研朱，认真点读，自然没有什么不好。重编的"书话"，纸张、墨色、字体、装帧，般般皆好，或者还能帮着治一下懒病。

草草，即颂

撰祺！

四月廿九日，劳祖德上。

## 谷林致锺叔河（1998年4月29日）

叔河[1]同志：

三月十五日惠函[2]于廿二日收到，我抄存一通，把原件转寄给兰州的张君[3]了。来信中所述的一些情况和意见，想转告止庵君，拖拖拉拉也还没有办。倒是有一件事很愉快，四月二十日敝居后街有一家叫做“修齐治平”的小书店里买到“增订重编本”《知堂书话》，晚饭既罢，灯下摩挲，怡然自乐。

去年底在“书人茶话”[4]读到尊作《辞年》短文，我粗心大意，以为所说已“交稿给出版社了”的“散文全集”亦即早制成了胶片只等发印的“分类文编”。这回才知道是两种文本。此十二卷编年全集[5]，谅也辑存了全部集外文，现在又已过了一个半月，商订合同事不悉业已谈妥否。分类和编年，各擅胜场，不能偏废。我记得鲁迅书简曾有一种是按收信人分列编排的本子，手头已不存，偶亦觉得不便。

1 原信误作“叔和”。

2 此函已遗失。

3 即张际会。

4 指《文汇读书周报》的“书人茶话”栏目。

5 指《周作人散文全集》。

“止庵君编的诗集我看到过”，殆非指其所编《沙鸥诗选》[1]，沙鸥是止庵的先人。他以前编过一册《周作人晚期散文选》，由湖北人民于九四年出版。新编的一种曰《关于鲁迅》[2]，当即来书所说“论鲁迅”。学林九五年印行的周诗《全编笺注》[3]，笺注者为王仲三，是否足下误记以为止庵了。

三十多年前，我在出版局管过一阵出版用纸的分配工作，那时候曾很反对出版社排印大字本，如今则大吃小字本的苦头，每天持放大镜读报，持放大镜查《辞海》，再翻开书来，眼花缭乱，就认不清点划了。是以虽长日无事，却读书很少，读得极慢，忘得极快，可笑至极。

厚本硬面，必得摊卷伏案，于懒人殊不相宜，但若磨墨研朱，认真点读，自然没有什么不好。重编的“书话”，纸张、墨色、字体、装帧，般般皆好，或者还能帮着治一下懒病。

草草，即颂撰祺！

四月廿九日，劳祖德上。

---

1 《沙鸥诗选》，沙鸥著、止庵编，人民文学出版社1996年6月版。沙鸥（1922—1994），原名王世达，诗人、作家。

2 《关于鲁迅》，周作人著、止庵编，新疆人民出版社1997年3月初版。

3 即《周作人诗全编笺注》，周作人著、王仲三笺注，学林出版社1995年1月初版。

祖德先生：

得廿九日手书，"书话"两厚册，本不便于阅读，因为这本是应该可以享受读书之乐的书，不好要正襟危坐磨墨研朱对付的。但却无可奈何，海南出版社一是为了撑门面，二也为了省书号（我原来是想分作六本，每本一个主题，便于分散发行），"谨慎"我要这样做，不得不尔也。

十二卷的编年本，我自以为比十卷本的分类编编得好得多，内容也增加了不少。盖十年前我搞类编时，还拘于"不得出全集文集"的规定，只好变着法子"钻营"，找到这个自以为聪明的办法。此实是恩赐之权，知堂的文章又岂是篇篇好"分类"的么？

十二卷的合同尚未定局，因为出版社要

## 锺叔河致谷林（1998年5月7日）

祖德先生：

得廿九日手书，“书话”两厚册，本不便于阅读，因为这本是应该可以享受读书之乐的书，不必要正襟危坐磨墨研朱对付的。但却无可如何，海南出版社一是为了撑门面，二是为了省书号（我原意是七辑分作六本，每本一个定价，便于分散选购），“说服”我要这样做，不得不尔也。

十二卷的编年本，我自以为比十卷本的分类文编编得好得多，内容也增加了不少。盖十年前着手搞类编时，还拘于“不得出全集文集”的功令，只好变着法子“钻营”，找到这个自以为聪明的办法。其实是愚蠢之极，知堂的文章又岂是篇篇好“分类”的么？

十二卷的合同尚未定妥，因为出版社要周家（张菼芳夫人）

周家（陈蓉芳夫人）保证别处不出周书，这十卷本也须好好再出，才肯签合同，而这是岳麓社做不到。我则已离休，而且都不好去做工作，只好听之。

此外，我很希望有一家有魄力的出版社来认真地印这部十二卷本散文全集。我们的出版署倒是开了绿灯，说是“钟××是认真的工作者，所编书质量能有保证，同意出版”云云，并且盖了署的大印（我有复印件）。不知在北京能找到这样一家出版社否？

（合同一签，广告一作，征订一搞，别人也不会再出周作人的了。）

再奉上十二卷本的第二卷目录一份，便中可给至心兄看看，不必寄回也。匆匆即颂

著祺

钟叔河 5.7/1998

保证别处不出周书，连十卷本也最好不要出，才肯签合同，而这在事实上做不到。我则干着急，两边都不好去做工作，只好听之。

其实，我顶希望有一家有魄力的出版社（合同一定，广告一作，征订一搞，别人也不会再出再编了。）来认真地印这部十二卷本散文全集。如今新闻出版署倒是开了绿灯，说是“锺 × × 是认真的工作者，所编书质量能有保证，同意出版”云云，并且盖上了署的大印（我有复印件）。不知在北京能找到这样一家出版社否？

再奉上十二卷本的第二卷目录一份，便中可给关心者看看，不必寄回也。匆匆即颂

著祺

锺叔河

一九九八、五、七

叔河兄：

惠赐明报版《周作人美文选》，已于十八日拜受，不遗在远，至深感荷。止庵兄告，他已在书店里见到分类本的全集，因知道更为完备的编年本即将出版，所以没有买。不详编年本出版事宜究已落实否，甚为系念。但我自己还没有决心购置任何一种，住处偏仄，又猜想恐都是硬面大本，但利插架，故不禁趑趄耳。我最喜欢的还是三联印行朱自清的单行本那种样式，用纸最好也不像这册《美文选》那样破而厚（或者还不必漂得那么白），正文如此书每叶的眉题也多省去，多留些馀白给阅者作题记。目下较多新书的用纸，外观很见改善，却不受水，因之只能用圆珠笔批注，是一大缺点。这等琐碎事务好像少人顾问，改进恐不容易。苦茶佚文，不断发掘，于陈子善先生的四册以外，不知能定期结集刊布否，殊念念。专此复谢，并颂

撰祺！

弟劳祖德上言，

1999-01-20。

## 谷林致锺叔河（1999年1月20日）

叔河兄：

惠赐明报版《周作人美文选》[1]，已于十八日拜受，不遗在远，至深感荷。止庵见告，他已在书店里见到分类本的全集，因知道更为完备的编年本即将出版，所以没有买。不详编年本出版事宜究已落实否，甚为系念。但我自己还没有决心购置任何一种，住处偏仄，又猜想恐都是硬面大本，但利插架，故不禁趑趄耳。我最喜欢的还是三联印行朱自清的单行本那种样式，用纸最好也不像这册《美文选》那样硬而厚（或者还不必漂得那么白），正文如此书每叶的眉题也可省去，多留些余白给阅者作题记。目下较多新书的用纸，外观很见改善，却不受水，因之只能用圆珠笔批注，是一大缺点。这等琐碎事务好像少人顾问，改进恐不容易。苦茶[2]佚文，不断发掘，于陈子善先生的四册以外，不知能定期结集刊布否，颇念念，专此复谢，并颂

撰祺！

弟劳祖德 上言

一九九九、一、二十

1 《周作人美文选》，周作人著、锺叔河编，明报出版社1998年12月初版。

2 指周作人，晚号苦茶庵老人。

劳祖德

0.4

叔河兄：

久不通候，未谂起居何似，著撰近况尤所牵念，风便当盼佳音！

日前接止庵（王进文）函示，云协同丰一夫人，与今出版社议妥，拟知堂翁自订文集，悉如原样分册印行。其中杂诗抄一种，岳麓印本出版时恐有序次先后等的改变，非此翁手定原貌，询弟当年抄录时所见老人稿本情状。按此系文革以前之事，风雨三十余载，茫若隔世，弟已毫无印象。玑存印本，似忆为兄寄赐，惜无题识。得此短书，篇什较旧抄者为多，想皆吾兄搜补。弟当日卒卒少暇，未及校阅，即以旧抄寄呈，非为供校订之参考，千里同心，聊作纪念耳。兹徇止庵之志，颇思借旧抄者一核对，不知吾兄此本犹存否，如尚能觅得，甚望劳神包假，以供一览，用毕自当迅即归赵，断不损及纸墨。琐渎歉愧，伏乞见原。顺颂

撰祺。

弟劳祖德敬上，

二〇〇〇年四月七日。

## 谷林致锺叔河（2000年4月7日）

叔河兄：

久不通候，未谂起居何似，著撰近况尤所牵念，风便甚盼佳音！

日前接止庵（王进文）函示，云协同丰一夫人，业与出版社议妥，按知堂翁自订文集，悉如原样分册印行。其中杂诗抄一种，岳麓印本出版时恐有序次先后等的改变，非此翁手定原貌，询弟当年抄录时所见老人稿本情状。按此系“文革”以前之事，风雨三十余载，茫若隔世，弟已毫无印象。现存印本，似忆为兄寄赐，惜无题识。得此赠书，篇什较旧抄者为多，想皆吾兄搜补。弟当日卒卒少暇，未及校阅，即以旧抄寄呈，非为供校订之参考，千里同心，聊作纪念耳。兹徇止庵之志，颇思借旧抄者一核对，不知吾兄此本[1]犹存否。如尚能觅得，甚望劳神见假，以供一览，用毕自当迅即归赵，断不损及纸墨。琐读歉愧，伏乞见原，顺颂

撰祺。

弟劳祖德 敬上

二〇〇〇年四月七日

1 指谷林1987年3月21日随函寄给锺叔河“留用”的《老虎桥杂诗》抄本。

叔河兄：

久不通候，惟起居佳胜为慰。前日止庵君送来知堂书抄，嘱代寄璧，敬如示交邮奉陈，即乞察存。稽延多时，至歉至感。据止庵兄告，已按此本付印。渠编就苦雨斋译丛，计希腊三册、日本六册，已先后出书；散文各种亦全部付印，不久即可问世。止庵经理此翁著译，辞去原来工作，悉力以赴，至可钦敬。弟甚望其能劝请张菼芳女士同意，完成七家社未竟之业，将甲戌以后的日记全部影印，将来如有可能，再谋排印，以便阅读。至于书信，则征集殆难，断玑残璧，或零星先付杂志刊行而已。专此敬颂

时绥。

劳祖德敬上

2001-03-13。

## 谷林致锺叔河（2001年3月13日）

叔河兄：

久不通候，惟起居佳胜为慰。前日止庵君送来知堂诗抄[1]，嘱代寄璧，敬如示交邮奉陈，即乞察存，稽延多时，至歉至感。据止庵见告，已按此本付印。渠编就“苦雨斋译丛”[2]，计希腊三册、日本六册，已先后出书；散文各种，亦全部付印，云未久即可问世。止庵经理此翁著译，辞去原来工作，悉力以赴，至可钦敬。弟甚望其能劝请张荧芳女士同意，完成大象社[3]未竟之业，将甲戌以后的日记全部影印，将来如有可能，再谋排印，以便阅读。至于书信，则征集殆难，断玑残璧，或零星先付杂志刊行而已。专此敬颂

时绥。

劳祖德 敬上

二〇〇一、三、十三

1 即前函中提到的《老虎桥杂诗》抄本。锺叔河得函后将其寄往北京，现“已按此本付印”，遂仍予寄回。

2 “苦雨斋译丛”，周作人译、止庵主编，中国对外翻译出版公司从1999年起陆续出版。

3 指大象出版社。该社曾于1996年出版了《周作人日记（影印本）》，鲁迅博物馆编。

第　　页

劳先生：

承赐精抄本已于今日收到，至为感谢。

止庵君的工作，我也是极为钦佩的。周氏文章本以按原样印行（其外文则编年）为最好，我在岳麓书社期间也印过《自己的园地》到《秉烛谈》多种，但以"三种人"（《查泰莱夫人的情人》、《丑陋的中国人》和周作人）之过而离开后便中辍了。后来湖南文艺社答应出散文，又不得不遵守中央印"不得印全集、文集"的指示，搞得不像样子，愧对关心。幸有止庵能匡我不逮，而且尽善尽美，此乃知堂读者的大喜事，也是文化界的大喜事，馨香祷祝之矣。匆此奉覆，并颂

佳吉

钟叔河敬上　三月十六日

子明同志亦请代问安好。

湖南省新闻出版局稿纸

2001

## 锺叔河致谷林（2001年3月16日）

劳先生：

承赐精抄本[1]已于今日收到，至为感谢。

止庵君的工作，我也是极为钦佩的。周氏文章本以按原集印行（集外文则编年）为最妥，我在岳麓书社期间也印过《自己的园地》到《秉烛谈》各种，但以“三种人”（《查泰莱夫人的情人》《丑陋的中国人》和周作人）之过而离开后便中辍了。后来湖南文艺社答应出散文，又不得不遵守中宣部“不得印全集、文集”的指示，搞得不像样子，愧对关心。幸有止庵能匡我不逮，而且尽善尽美。此乃知堂读者的大喜事，文化事业的大善事，馨香祷祝之矣。专此敬复，并颂

佳吉

锺叔河 敬上

三月十六日

子明同志前请代问安好。

1 即《老虎桥杂诗》抄本。

叔河兄：

立秋佳日，拜承林屋山民送来图卷子，不意精美如此，厚幸奚似。卷头题识，则不虞之誉，尤深感惭。自是慕仿念楼小抄，惜其画虎不类也。肃谢，敬候时祺。草草未尽。

弟祖德拜复

二千又二年八月九日。

## 谷林致锺叔河（2002年8月9日）

叔河兄：

立秋佳日，拜承《林屋山民送米图卷子》[1]，不意精美如此，厚幸奚似。卷头题识，则不虞之誉，尤深感惭。自是慕仿《念楼小抄》，惜其画虎不类也。肃谢，敬候时祺，草草未尽。

弟祖德拜复

二千又二年八月九日

1 《林屋山民送米图卷子》，锺叔河编订，岳麓书社2002年4月初版。

走向世界　周作人儿童杂事诗笺释
从东方到西方
书前书后
偶然集
念楼集
钟叔河散文

主十辛未

湖南出版集团
HUNAN PUBLISHING GROUP

芳先生：

又寄呈新印成的小书一本，以供一哂。

书是在湖南文艺出版社印的，因为是装帧、版式会做得精致一点，但他们"营销"完全不行，印数也少，就顾不得了。

稍前在《出版广角》登载过几则，有人用"古文今译"的眼光来看，认为"不信"。其实我不过是借古文作个笺子讲点想讲的话，附会之处难免，开开玩笑也可以。所以高中国文都没读完，更未进过什么"古文今译"的训练，怎么达得到"译文规范"的标准呢？

我即将去美国十多天休息半年，明年三月才会回长沙，再见，祝

身笔两健

钟叔河　10.21

31收到
4/10复

地址：湖南省长沙市展览馆路11号　电话：0731-4302638　传真：0731-4302518　邮编：410005　http://www.hnpg.com.cn

我美国期间舍间仍有人住，有信可寄，我在网上能看到的。

## 锺叔河致谷林（2002年10月21日）

劳先生：

又寄呈新印成的小书一本[1]，以供一哂。

书是交湖南美术出版社印的，图的是装帧、版式会做得稍好一点，但他们“营销”完全不行，印数甚少，就顾不得了。

出书前在《出版广角》登载过几则，有人用“古文今译”范本的标准求之，认为“不信”。其实我不过是借古文作个筏子讲点自己想讲的话，附会在所难免，开开玩笑也少不得。自己高中国文都没读完，更未进中文系听过什么“古文今译”的课，怎么达得到“译文轨范”的标准呢？

我即将去美国小女家休息半年，明年五月才会回长沙，再见，祝

身笔两健

锺叔河

十、二十一

旅美期间舍间仍有人住，每天都可在网上联系的。

1 指《念楼学短》，锺叔河著，湖南美术出版社2002年8月初版。

叔河兄：

上月杪收到廿一日惠书，拜承赐赠新印得的《念楼学短》，欢喜无量，感谢！感谢！封面题签四字，恍若漆书，尚属始见，初嫌缺一署名，持示倪子明兄，他说：疑是知堂老人笔墨，细看果然，则定系兄亲手集成，略为放缩而就，精美无比。正文设计的版面，稍类杂事诗笺释的安排，右文左图，十分妥帖，意足神完，禀听尊裁，钦叹之至。惟装为一册，稍觉其厚，犹幸非硬本子，故可喜也。读前环衬小传，知足下生于辛未，则与鄙人同入羊群，我生于己未，痴长一周，衰惫日甚，懒出"院"门，今者仰乞垂云"抟扶摇而上者九万里，去以六月息者也"，健羡无已，犹有所待，以读归来之新著也。专肃，并叩

旅安。

弟劳祖德顿首

2002年11月10日

## 谷林致锺叔河（2002年11月10日）

叔河兄：

上月杪收到廿一日惠书，拜承赐赠新印得的《念楼学短》，欢喜无量。感谢！感谢！封面题签四字，恍若漆书，尚属始见。初憾缺一署名，持示倪子明兄。他说：疑是知堂老人笔墨。细看果然，则定系兄亲手集成，略为放缩而就，精美无比。正文设计的版面，稍类杂事诗笺释[1]的安排，左史右图，十分妥帖，意足神完，悉听尊裁，钦叹之至。惟装为一册，稍觉其厚，犹幸非硕本子，故可喜也。读前环衬小传，知足下生于辛未，则与鄙人同入羊群。我生于己未，痴长一周，衰惫日甚。懒出"院"门，今者仰见垂云，"抟扶摇而上者九万里，去以六月息者也"。健羡无已，犹有所待，以读归来之新著也。专肃，并叩

旅安。

弟劳祖德 顿首

二〇〇二年十一月十日

1 指《儿童杂事诗笺释》。

03.5.13

# 湖南出版集团

HUNAN PUBLISH GROUP

祖德先生：

我于去年十月底偕老妻到北美女儿家小住，本月上旬才回国，又在上海住了几天，前天到家，才读到先生去年十一月十日的来信，"短简长谈"文也在报上刊读了，惭愧感矣。

近来又印成了一本小书，文字全属炒冷饭，但编者表示能与原文登载一些作者各个时期的照片。我也想把自己数十年中的影像形象趁此机会公开一下，藉以付与四个女儿四个外孙女，便同意搞了这一本。现寄呈一册（另一册请转呈子明先生），以供一笑。

回来来信来书（报刊）堆了一大堆，余容细读。匆匆此，

即请

夏安

钟叔河顿首

三年五月十三日

21收
22复

癸未 甲申

此书我交稿后便出国了，未及校对，故错字未及一一改正，请先生转请子明先生原谅　又及

地址：湖南省长沙市展览馆路 11 号　电话：0731-4302638　传真：0731-4302638　邮编：410005

## 锺叔河致谷林（2003年5月13日）

祖德先生：

我于去年十月底偕老妻到北美女儿家小住，本月上旬才回国，又在上海住了几天，前天到家，才读到先生去年十一月十日的来信。《"短者，长之反"》文也在报上拜读了，惭多于感矣。

近来又印成了一本小书[1]，文字全属炒现饭，但编者意在脱离原文登载一些作者各个时期的照片。私心也想把反右、劳改中的恶劣形象趁此机会公开一下，藉以传示四个女儿、四个外孙女，便同意搞了这么一本。现奉呈一册（另一册请转呈子明先生），以供一笑。

回来来信来书（报刊）堆了一屋子，家务也猬集，匆匆草此，即请

夏安

锺叔河顿首

三年五月十三日

此书我交稿后便出国了，未及校对，故不少错字未及一一改正，请先生和倪先生原谅。又及。

---

1 指《锺叔河序跋》，锺叔河著，东南大学出版社2003年3月初版。

閑汲清泉萬斛水，試讀澤則一卷書

叔河兄：

十三日惠函和书两册昨日拜受，一册已妥交子明兄，请释念。我翻了一遍，对插图的印刷质量很感遗憾，而且所见他书，也大率类此，似乎是我们这项技术尚未过关。足下撰述，可谓等身，殊无一只猫头鹰能够报谢。今年董宁文兄督责，打叠精神，把七八年来的零碎文字清理得十万字，上月交了卷，承他复示，云争取年底印出，当能如愿，则来岁甲申总算不止一本了。远游归来，当多新篇，可源源于报刊读到也，正为欣幸。载谢，顺颂时绥。

零三年五月廿二日，

祖缃拜复。

清泉

主　办：内蒙古泽榭书友会
执编辑：张阿泉
地　址：呼和浩特市新华大街55号
　　　　内蒙古电视台文艺中心
邮　编：010058
手　机：13847169229
E-mail：a_quan_zhang@sohu.com

## 谷林致锺叔河（2003年5月22日）

叔河兄：

十三日惠函和书两册昨日拜受，一册已妥交子明兄，请释念。我翻了一遍，对插图的印刷质量很感遗憾，而且所见他书，也大率类此，似乎是我们这项技术犹未过关。足下撰述，可谓等身，殊无一只猫头鹰能够报谢。今年董宁文[1]兄督责，打叠精神，把七八年来的零碎文字清理得十万字，上月交了卷，承他复示，云争取年底印出，苟能如愿，则奉贺甲申总算不止一卡了。远游归来，当多新篇，可源源于报刊读多也，至为欣幸。载谢，顺颂时绥。

零三年五月廿二日，

祖德 拜复。

1 董宁文（1966— ），笔名子聪，《开卷》杂志执行主编。

**湖南出版集团**
**HUNAN PUBLISH GROUP**

谷林先生：

读到先生廿三日的来信，使我十分惭愧。这本书发完稿便去美国了，完全没有校对、看样，错字不少，图片印得不清楚，"犹其小焉者也"。因为有一个想让几张旧照片和两个女儿永远传下去的私心，便干了这件事，贻笑大方了。

董宁文君那里的"开卷文丛"，也约了我的一本，但是我自己在长沙找人排的字（仍由以前和排你的《书边杂写》），错字也许会少一点。但此书已一再拖延，但愿不要拖到猴年马月去才好。

大著交付董君出版，诚为他和我的幸事，他可以出得好点，我也可以附骥尾而致千里了吧。即请

著安

子明先生统此

钟叔河 07.5.28
04-1-9

地址：湖南省长沙市展览馆路11号　电话：0731-4302638　传真：0731-4302638　邮编：410005

## 锺叔河致谷林（2003年5月28日）

谷林先生：

读到先生廿二[1]日的来信，使我十分惭愧。这本书发完稿便去美国了，完全没有核对看样，错字不少。图片印得不清楚，“犹其小焉者也”。因为有一个想让几张旧照片在四个女儿家庭中“传”下去的私心，便干了这件事，贻笑大方了。

董宁文君那里的“开卷文丛”，也约了我的一本。倒是我自己在长沙找人排的字（仍由江苏和排字的结账付钱），错字也许会少几个。但出书之期一再推迟，但愿不要拖到猴年马月去才好。

大著肯付董君出版，诚为他和我的幸事，他可以出好书，我也可以附骥尾而致千里了吧。即请

著安

子明先生统此

锺叔河

〇三、五、廿八

1 原函误作“廿三”。

閑汲清泉萬斛水、試讀澤則一卷書

叔河兄：

今早想给您写张便笺，报告您曾耽心或许会拖到猴年马月去的大著，已于新岁五日拜承。先此九月则已收到子聪的“闲话”，深赏封面的设计，而且那样巧妙地把“老底”缩印在一侧。文章实在都还不曾细看。方才摆布了纸笔，随意打开您的哪一本，却是204页的《怕痛》，于是放不下手，一直看至216页的《自作主张》，不便当面奉承说什么“字字珠玑”，总之是十分欢喜罢了。年来多次受赠，无奈精穷赤贫，无可报偿，只得老着面皮拱拱手说声“生受”了。至于我的那一本排定放在最末，自然管不得“猴年马月”哉。《清泉》先说要把我的“答问”信札当做“一道风景”印成小册子的，也是神龙见首，连报纸也难按期收到，好在素友旧交多能怜穷恤老，不加呵责，我也就安命乐天而已。春节在迩，敬以日新为颂，并祝撰祺。

祖德拜启，零四年元月九日

去岁五月廿八日惠函，长置案头，稽复至今，罪不容逭也

清泉

主　办：内蒙古泽则书友会
总编辑：张阿泉
地　址：呼和浩特市新华大街55号
　　　　内蒙古电视台文艺中心
邮　编：010058
手　机：13847169229
E-mail：a_quan_zhang@sohu.com

## 谷林致锺叔河（2004年1月9日）

叔河兄：

今早想给您写张便笺，报告您曾耽心或许会拖到猴年马月去的大著[1]，已于新岁五日拜承。先此九日，则已收到子聪的“闲话”[2]，深赏封面的设计，而且那样巧妙地把“老底”缩印在一侧。文章实在都还不曾细看。方才摆布了纸笔，随意打开您的那[3]一本，却是二〇四页的《怕痛》，于是放不下手，一直看至二一六页的《自作主张》，不便当面奉承说什么“字字珠玑”，总之是十分欢喜罢了。年来多次受赠，无奈精穷赤贫，无可报偿，只得老着面皮拱拱手说声“生受”了。至于我的那[4]一本排定放在最末，自然管不得“猴年马月”云。《清泉》[5]先说要把我的“答问”信札当做“一道风景”印成小册子的，也是神龙见首，连报纸也难按期收到，好在素友旧交多能怜贫恤老，不加呵责，我也就安命乐天而已。春节在迩，敬以日新为颂，并祝撰祺。

祖德拜启，零四年元月九日

去岁五月廿八日惠书长置案头，稽复至今，罪不容逭也

1 指《偶然集》，锺叔河著，凤凰出版社2003年10月初版。

2 即《开卷闲话》，董宁文著，凤凰出版社2003年10月初版。

3 原函误作“哪”。

4 原函误作“哪”。

5 《清泉》，内蒙古泽则书友会主办，张阿泉任总编辑。

"散文全集"十四卷外索引一卷，已交广西师大出版社，预计明年底可以出书，知注并陈。

# 湖南省新闻出版局

祖德先生：

寄奉"知堂序跋"一册请收。虽非精装，亦是厚本，不知尚能邀俯服否也。

退休后我也学像样，有时写些小小文字，聊耐寂寞，并不想再编书了。因为编书的最大苦恼是无法亲任校对，出版、排字、印刷都在外地，"老板"不愿编者插手，怕他耽搁了时间。而自己今年也七十四了，也实在没有精力硬把这件事情揽过来搞。所以，此书勒"关于编订者"竟把我这个湖南平江人的籍贯错成"湖南平阳"，成为平阳公主的同乡了。

1931年出生于湖南平江。

但知堂老人的散文全集我仍是要编的，这完全是对于老人的一分感念。此语不足为七十岁以下的人道，因为说来他们也是无法理解，当然更不会相信的。专此即请

秋安

钟叔河上 十月九日

十四到

## 锺叔河致谷林（2004年10月9日）

祖德先生：

寄奉《知堂序跋》[1]一册请收。虽非精装，亦是厚本，不知尚能邀法眼否也。

退休后我也学您的样，有时写点小小文字，聊破岑寂，并不想再编书了。因为编书的最大苦恼是无法亲任校对，出版、排字、印刷都在外地，“老板”不愿编者插手，恐怕耽搁了时间，而自己今年也七十四了（一九三一年出生于湖南平江），也实在没有精力硬把这些[2]事强揽过来搞，所以，此书勒口“关于编订者”，就把我这个湖南平江人的籍贯错成“湖南平阳”，成为平阳公主的同乡了。

但知堂老人的散文全集我仍是要编的，这完全是出于对老人的一分感念。此语不足为七十岁以下的人道，因为道来他们也是无法理解，当然更不会相信的。专此即请

秋安

锺叔河 上

十月九日

“散文全集”十四卷外索引一卷，已交广西师大出版社，预计明年底前可以出书，知注并陈。

---

1 《知堂序跋》，周作人著，锺叔河编订，中国人民大学出版社2004年9月初版。

2 原函为“件”，今依作者所改。

祖德同志：

得手书，知[illegible]康和，至以为念。但以[illegible]劲气为常，又觉得不必担心。但望经济条件能够允许才是。

中国之旧学，文化之命脉，不绝如缕，并非虚言。书生空议论，无大益也。半年来只以校读消遣，只作小注[illegible]注不出，亦颇累之。

不作无益之事，何以遣有涯之生，别有伤心，[illegible]矣。

敬颂、即请

痊安

锺叔河上 3.19

## 锺叔河致谷林（×年3月19日）[1]

祖德同志：

得手书[2]，知玉体违和，甚以为念。但见手迹劲气如常，又觉得不必担心，但总之还请多多保重才是。

中国之事革矣，文化之命脉不绝如缕，盖非危言，书生空议论亦无甚益处。半年来只以抄杂诗消遣，思作小注，大半注不出，亦遂置之。

不作无聊之事，何以遣有涯之生。别有伤心，知之者盖寡矣。匆匆，即请

痊安

锺叔河 上

三、十九

1 年份不明，暂置于此。

2 此函已遗失。

附

# 嘉孺子

谷林

《儿童杂事诗七十二首》，岳麓书社一九八七年曾印入《知堂杂诗抄》内，分为甲乙丙三编，每编二十四首。新近文化艺术出版社另出了一种好纸精印的单行本，配图，增笺释，诗篇用作者一九六六年重录的手迹影印。正文双套色，封面银灰色压膜，外加红色腰封。十六开本。黄宗江说："到书铺去，我想要的是我找不到的，我找到的是我不想要的。"此书只印三千册，恐怕很可能会给一些人带来黄宗江有过的那股烦恼。

用以重录诗篇包括"序"和各编"附记"的稿纸，是"药草堂"专用的自制品。序页标题下钤朱文篆字印两方，曰"知堂五十五以后所作"，曰"十药草堂"。为什么"五十五"要特地刻一方印章？《苦茶庵打油诗》一文中曾经约略指明，谓"五十五岁以后也便是我的僧腊"。作者五十五岁，也就是一九三九年。打这儿划一条界线算作受戒出家的日子，从头"计算他做和尚的年岁，在家时期的一部分抛去不计"。此意仍不易领解，有待探究。查张菊香主编的《周作人年谱》，这一年九月八日有《药草堂随笔》，后载于《学文》月刊；上一年七月五日有《药草堂记》，后载于《晨报》副刊。此两篇似均未收编入集，如今想找来一看，就不太好办了。“药草堂”这一名号，大概也是从这两年开始有的吧，它与先前的“煆药庐”有点相像，但旧名稍近于手工作坊，此则略似韩康的小店。稿纸当非重录此卷时特备，而系旧印所余存，形制颇存古趣。中缝鱼尾上有“药草堂笔记”五字，半页九十格，分作六行，每面抄写七言绝句一首。诗中某些名物习尚须加说明者，则用双行夹注或尾注，篇幅总以半页为准。注文字数偶或稍多如丙编第五首，遂有半行写在栏外，占了中缝的位置。作者不以书法知名，然钩捺朴拙，别具姿致，或谓其有唐人写经笔意云。诗句以及注文与岳麓本对照，小有增改，如丙编第十九首《咏果饵》，岳麓本作“荸荠甘蔗一筐盛，梅子樱桃赤间青。更有樱桃夸紫艳，输它娇美水红菱”。第三句“樱桃”重出，且此物安能“夸紫艳”，显误；此册乃改正为“杨梅”。诗注如甲编第五首《咏风筝》：“鲇鱼飘荡日当中，胡蝶翻飞上碧空……”原注道：“鲇鱼胡蝶皆风筝名，俗称曰鹞，因风筝作鹞子形者多也。”新印本在末尾更缀一句说：“小儿则重迭其词，呼之曰老鹰鹞。这句增添上去的注文，读来感到稚语乡言，如流纸面，平平淡淡的说明中间，含容了特殊的情味。但乙编第七首诗注引杜诗《百忧集行》“痴儿未知父子礼”一句，重录乃误作“儿子礼”，岳麓旧本却不误。不过这种情形在书中似仅此一见。

七十二首诗全文曾于一九五〇年二月下旬起在上海《亦报》逐日连载，同时刊登丰子恺所作插图，此书依旧左图右诗，原缺三幅即乙编二、五、七并经笺释者转请毕克官补齐。题画多数即采周氏诗句，但也有例外，如丙之十三题云："蠛蠓到处飞，攒进眼泡皮。"丙之二一题云："笃笃笃，王家婆婆卖藕粥。"末一幅题云："肚皮像酒甏，吃颗宝塔糖。"前两首是儿歌，后一幅乃用当时的卖药广告语，别有意趣，使画幅能独立欣赏。笺释者就乙之二十那幅画发表意见，说是"最有意思的，因其主意即画儿嬉，不是古诗今画，也不是摹写故事"。此图题曰"抛堉"，采周氏摘引陈授衣诗中用辞。"堉"字罕见，周诗尾注亦未解释，作画者于题下署名之旁添注小字说："又名削水片"，片言解纷，且仍是越中儿语。丙之六的《幻想山居图》不画周诗中的"赤豹与文狸"，至少可说与抛堉同样的有意思。山前一虎一狮一熊，虎狮背上各跨两童，熊背骑一人，另一个孩了牵着系在熊脖子上的绳索前行，空中有大鸟负女孩迎面飞来。孩子们晚间看了此画，殆如周氏所言，真将"忘寝"。也有不十分令人满意的，如丙之十九所题："樱桃豌豆分儿女，草草春风又一年。"原诗本无这种感慨，也与儿童心情不称。又如丙之十六，诗句说的是"春宵"，画中则作西风落叶，丙之二二，诗中尾注云"小儿所食圆糖名为夜糖，不知何义"，画中乃作星夜提灯卖糖人；甲之八画"上坟船"，无篷，一人摇橹，四人挤满一舱，与笺释中杂引周氏散文描叙的情形全殊。周氏自谓"这一卷所谓诗，实在乃只是一篇关于儿童的论文的变相"，"以七言四句，歌咏风俗人情，本意实在是想引诱读者进到民俗研究方面去，从事于国民生活之史的研究"，还说："吟诗即说话……大有打油气。平生怀惧思，百一此中寄”，故不觉对插图吹毛求疵多所求备耳。

《笺释后记》中说，“这些诗所咏者不外岁时、名物、儿童游戏，一句话叫作民间风俗，又都是清末戊戌前后即距今百年以前的”，“笺释专门注意这个方面，首先从周氏本人一生‘用散文写下来’的数百万言著作中找材料，并旁及其他，地方文献、野记杂书、故老言谈、友朋通信，都在采辑之列”。用力之勤，可以想见。上面提到“卖夜糖”一诗，笺释引周氏文中所说北京的“货郎”推车而非挑担，使用的“响器”是一面小铜锣：“这有很漂亮的名称，叫作‘惊闺’，还叫作‘唤娇娘’，不过这是一是二，有点不大清楚。”至此乃据清人《韵鹤轩杂著》拈出两语：“磨镜者所持铁片曰‘惊闺’……卖闺房杂货者所摇曰‘唤娇娘’。”举此一例，不足为窥豹尝鼎之助，盖笺释每则皆自成格局的篇章，并非饾饤“注虫鱼”，甚富可读性。裁剪尤为出色，每篇排足两面，有似《负暄琐话》所说苦雨斋的八行书，“总是最后一行署名，恰好写满，结束”，全书版面圆融和洽。

周氏尝称《庄子》里述尧的话：“嘉孺子而哀妇人。”其生平著作，涉及妇女和儿童的至为繁富。关于这两个方面，现在各有一本好书，即舒芜编录的《女性的发现》和锺叔河笺释的《儿童杂事诗》，此皆能读人所常见书而别有会心者也。

# “短者，长之反”

谷林

锺叔河先生选出一百九十篇古文，分为二十个单元，编成一本《念楼学短》。因为入选的都是短文章，除掉百零一字、百零二字各一篇外，其余皆不超过百字。短文章光是扫净空话、套话还不够，还要像常常所说的辞简意赅、语短情长、片言折狱、一字为师那般精彩突出方成。真太难了。不得已稍作让步，此书《自序》之一遂称“写得短当然不等于写得好，但即使写不好，也宁可短一些”。这是把“短”当作写文章的第一要义提出来了，能否树为通则，令天下执笔者无不信从，殊难断言。盖缘卖文章乃计字论值，越短也就越贱，为稻粱谋，则惟有安于喝薄粥了。

但倘若你是买方，你是负有批改窗课任务的教书匠；或者你是见缝插针，即使捧着饭碗靠着餐桌依旧摊开大卷小本甘心侧了脑袋咀嚼的读书人，可能会拥护锺先生的吧？此所以《念楼学短》幸得面世欤。然而印数终究还是少了些，第一版只能印到五千册。

这被锺先生选入的一百九十篇古文，印在书中，每篇一页，停停当当，款式宛似善本书影，所占都是单页码。相并的双页码即为针对此篇选文的“念楼读”和“念楼曰”，是叔河自写其“学短”。果真名下无虚，双页码上排印得行齐字满，不漏不溢，刚好一纸完篇。想见其下笔落墨之际，精打细算，版面乃能安排得如此匀称！封面的底色，我问了女儿才知道，叫作“铁锈红”，左右侧印了黑边沿。居中是手写体四字书名，墨色如漆，微微闪光。下端有宋体字的作者署名。这个设计看去十分简单，却又美轮美奂。书中找不到题签者署名，那字体却又十分熟识，准是叔河自集其所笃好者加以妥帖安排而就，入手爱不忍释。

我是“锺派”，也喜欢短篇；却又是“初学”，未能入门。想说些对此书的仁山智水之情，絮叨不已，却什么也没能讲清楚，而竟已写了八百字！不禁大惊失色，赶紧搁笔。

# 得书杂记之二

谷林

得到作者题赠寄来《锺叔河序跋》，是今年五月中旬的事。此前不久，还收到过他寄我《林屋山民送米图卷子》，嗣又得《念楼学短》。接二连三，真个如玉屑琼浆，坐花饮月，目难给视，更不知如何消纳才是。

这回见赠的“序跋”，是本“精致的小书”。虽同样叫作三十二开本，由于纸张规格特殊，开切后比一般版本略短，稍近方形，颇见别致。书首《小引》说，王稼句君给他来信提出这个设想：“拟编一套‘序跋丛书’，计划七种至十二种，每种收五万字左右，图版五六十幅……”云云。叔河听了，“怦然心动”。

才士并出，同声相应，原本不在话下；实则叔河更有一段心事，他细诉根由道：“退了休，新老朋友送书给我的仍然不少。来而不往非礼也，拿什么书回送朋友便成了我的大问题。”——礼尚往来，原系市井语言，经叔河倒转过来这么一说，便显得十分婉雅，结尾缀有个“也”字，三坟五典八索九丘，谅必在经史中可找到出处，且待以后得间再去考索。

读《小引》至此，心头不免回环。上边已经说过叔河接接连连寄赠了三种书，指的仅只是近半年间的事；碰巧他又提到“王稼句君”，那是我犹待识荆的一位“新”朋友，也竟在近半年间，先后三次同样赐赠新书：第一次《秋水夜读》，第二次《古保圣寺》，第三次《浮生六记》——第二种图版丰富，第三种标明为“典藏插图本”，由于都属“大书”，图版清断，“精致”无待辞费。

投我以琼瑶，报之以木桃。我到哪里去白折一批木桃呢？孤寒窘迫，无法眼叔河攀比。踌躇半晌，死心塌地，惟有截取《小引》里叔河的那句妙语：“生成的眉毛长成的痣，没有办法！”

再说那本《念楼学短》，早在二月间就收到了。得悉他即刻往美国去探亲，有数月耽搁，于是赖皮，复谢的信不用急着写。谁料一晃《锺叔河序跋》已到案头，报道海客归来，这才匆匆走笔，一笺报谢他的两回赠书——收得实益，丢尽礼数。

叔河得信即复，遗憾地说：“这本书发完稿便去美国了，完全没有校对、清样，错字不少。图片印得不清楚，‘犹其小焉者也’。”我吃了一惊。记得他在《小引》里说过“这本书虽然小，却是我用心编的”，惟恐有负稼句提出的“精致”的要求。他又以为“收五万字左右，图版五六十幅”的小书，任你印得如何精致，定价总不会太高”。他准备“买它上百本”，把那“印得很精致”的“小书”酬答向他赠书的大批新老朋友。

这得查看书末版权页上的各项记载了。

字数：十万。图版，没有记录，我自己逐页点数，超过百幅。这两项都是稼句当初设想的加倍。我怪叔河失算，怎不分印为“叔河序跋前集”“叔河序跋后集”两本书呢。

印数:三千。这恐怕创了叔河历来出书的下限了。当然,“精致”总是属于“少数”的,但毕竟为叔河始料之所不及。

定价:一百四十四元！这左看右看，注意到后面加有“八册”的括注，却不能理解它的含义。这是把三千册分成三百七十五份发售、一位顾客以一百四十四元买一份可得八册吗？这等算来，一册的实值是十八元，就“小书”而论依旧可称高价。

在小书封里的勒口上，印有《书人文丛　序跋小系》的“全目”,开列的是十二位作者的大名，他们是:施蛰存，黄裳，夏志清，舒芜，姜德明，锺叔河，隐地，董桥，陈子善，陈平原，王稼句，徐雁。这一本上惟独叔河的名学印成白色以别于其余十一人的黑色。我此刻刚见到叔河的一本，但不会只仅印出此种的，我已从《开卷》第四卷第一期第十一页上读到《〈董桥序跋〉小序》了。这篇《小序》) 不足三百字，叔河书前的《小引》乃逾一千六百字。拟想全书的厚薄，图版的多寡，亦必大有不同，如能另取几种查比一下它们的定价，或能稍解其中的奥妙。

对了，我与其死守一本书冥想，何如跑到图书大厦去实地比对一番，叔河信中未曾列举的“错字不少”,我试从这一点上开始琢磨吧。

不过我还想坚持，虽有差错，无碍“精致”。人有知非之年，怎能“精致”就应无当正之误？“微瑕”依旧是美玉啊。

# 待读谷林《答客问》

钟叔河

谷林先生八九年三月寄来《情趣·知识·襟怀》，九五年九月寄来《书边杂写》，都是在收到后几天内读完的。月前寄来的《答客问》却是例外，因为老妻开刀之后继以放疗，住了三个多月医院，刚刚回家，我忙于求医侍药，就无暇读书了。书却一直放在桌上，几次翻开扉页，见到那两行熟悉的秀丽而劲健的小字，总想接着翻下去，但明知一看就会丢不下手，只得叹口气又将它放下了。及至作息稍为恢复正常，又被来探病的一位老朋友"先拿去看看"，临走时还丢下了一句让我宽心的话："我会为它做个护封的。"

书至今没有还来，不知家有病人来催稿的却如期而至，而且指定要谈《答客问》。两个月前湖北黄成勇君叫我提供谷林来信，因为同样的原因也没有细找，只发现十年前所寄一页，却颇能体现其人的情味，我想这和《答客问》应该是一脉相承的吧，因抄录下来，借花献佛：

从旧存杂件中，觅得录存的知堂翁序言两篇，亟以寄奉，亦集外文也。我先是买得两书（《风土丛书》铅印线装二册），偶有闲情暇晷，复将两序言录出。现在此种旧书，大约再不易找到了，而未见或见而未曾录存者，此后殆亦难以踪迹，三十年真是一世也。

短短百十字中，充满着一种往复徘徊不忍舍去的怅惘，一种对于“人书俱老”的好文章的一种有余不尽之情。它在今天，仍和十年前开函初读时一样地感触着我。我相信，待到《答客问》还来细读，这种感触，仍当如饮陈醪，愈迟久愈使我沉酣。

二千零五年三月十日

# 跋

# 无书不欢味知己

一九八六年，五十六岁的锺叔河与六十八岁的谷林开始通信，话题围绕着知堂先生，从《知堂杂诗抄》《知堂序跋》《知堂书话》一路聊开去，你来我往的信札中透露着极其契合的见地，仿佛他们是从小一起的邻家兄弟，分外融洽的老友，知己味重重。锺叔河在一九八八年九月廿日的信中就这样写道：我常感奇怪，与你只不过通过几回信，连“一面”也没有“面”，而每觉声气相通，亦不知其何故。彼时，锺叔河任岳麓书社总编辑，极力推崇出周作人的书，从远在北京的谷林处得到了最可贵最有力的支持。谷林不仅仅在精神上全然支持锺叔河做别人所未做的书，更是毫无保留地提供了知堂杂诗和知堂佚文等手抄本。这种既雪里送炭又锦上添花的无私，正是熠熠发光经久不晦的动人之处，无疑是书友情谊的典范。

从这些信札中，我们尽可以了解锺叔河被岳麓“选”下来后继续做周作人的书，后来又做曾国藩家书等等书事经历。这是个倔强得可爱的老头，缘于他的倔强，后来我们就看到了在出版圈内引起强烈反响的周作人和曾国藩的作品集。谷林总能给予适时的帮助和鼓励，让锺叔河如沐春风，颇为倚重——锺叔河在一九九〇年三月十八日的信首写道：谢谢您的帮助。如果没有它，我根本做不下去，因为在湖南连最起码的书也找不着，包括解放后印的书……在一九九五年的书信里，他们则认真地讨论着“苏州码子”等与曾氏家书相关的话题。

二〇一九年十一月，我录完谷林写给锺叔河的部分书信，对两位前辈的书痴精神和君子之交感佩至深，神往不已。时隔七个月，再看两人按时间顺序编辑后的书信集，五十七通无书不欢的信札形成了更强大的感召：老骥伏枥，志在千里！吾辈当汲此中精气，为书事努力再努力罢。锺老在《题记》中写明白了编辑此书的缘由与意义，除此之外，恰逢锺老辛寿之年，作为深受其关注和照拂的爱书人，以此作为真挚贺礼，窃以为甚为安妥。

周音莹

于庚子端午后一日深夜

# 一份敬意

去年十月，《锺叔河书信初集》（浙江古籍出版社二〇二〇年二月版）收集和整理工作告一段落，春锦兄又相邀一起参与《谷林锺叔河通信》的整理，荣幸之至！

谷林先生在读书界声誉卓著，他为人低调，谦卑，通达，为文凝炼，崇古，质朴，一生淡泊名利，以读书为乐。他与锺叔河先生的通信，全是一位读书人与一位编者间以书为媒的思想交流，惺惺相惜。谷林先生一手俊秀的钢笔字，让原本较为枯燥的文字整理工作变成了一种艺术的享受。而我对谷林先生的好感，还来自他一生所从事的会计职业，这是我最熟悉的一个群体，在这个古板又教条的群体中，有这样一位让人景仰的纯粹的读书人，让我顿生他乡遇故人的亲切感。

锺叔河先生是出版界德高望重的前辈，他编著的书一直长销不衰，为书友们争相收藏。他与谷林先生的交往缘于书信往来，虽只通过几次信，却“每觉声气相通”，他们后来近二十年的鸿雁传书，让我们看到了两位真正的读书人的古道热肠，相扶相持，令人称羡。

去年此时，我和春锦、音莹三条“鱼”游到长沙，拜见了仰慕已久的锺叔河先生。锺老的睿智、谦逊、随和，给我们留下了深刻的印象。尤其让我感动的是，当时我礼节性地奉上我们几位自编的《蠹鱼》刊物的其中一期《褚问鹃诞生一百二十周年纪念专号》，自知在出版界大家面前，这样的民间小刊是不值一提的。但就在这天下午，锺老就打来电话，说要跟我谈几句，让我有空给他打个电话。回到旅店，我马上打电话过去。锺老说他已经把我书里的文章全部看完了，这让我颇感意外。他给予了一番热情的鼓励，认为这是很有价值的事，希望我做下去，然后指出几处常识性的错误，有些错误还是附记中的文字，一般人可能会忽略。我不得不叹服锺老对文字的敏锐和凡事认真负责的态度！此刊发出后，锺老是唯一一个给我纠错的人。我很想去信向锺老表达我的敬意，这样或许还能收到锺老的亲笔回信，以弥补电话交流的意犹未尽。但我还是忍了，锺老有太多事要应付，就不去打扰他老人家了。

端午节前，锺老通过春锦，代问音莹和我两位好，那我就借此小文向锺老问安，祝老人家幸福康宁！

禾塘

庚子年端午

# 声气相通

## 一

在收集和整理《锺叔河书信初集》的时候，我们发现锺先生与谷林先生之间的通信基本都有留存。又因了书信初集本身体量已较大，遂萌生了将两位先生往来书信单独编成一集的想法。经与锺先生和劳谷林女士（谷林之女）沟通，此议便得到了他们的认可，于是就有了今天的这个样子。

我本人一直比较偏爱阅读古往今来的名家书信，以为那是最能见出写作者真性情的好文章。正如知堂老人所言，书信“原是不拟发表的私书，文章也只是寥寥数句，或通情愫，或叙事实，而片言只语中反有足以窥见性情之处，此其特色也”。此集中二老的通信始于一九八六年八月三日，终于二〇〇四年十月九日，前后跨越十八个春秋。其中谷林方面二十三通，锺叔河方面三十四通，合计五十七通，均属首次全文披露。这些书信因为作于相对特殊的历史时期，不仅记录了两人的交谊，还从一个恰当的角度反映了改革开放以后国内知识界的思想状况和出版事业逐渐走向繁荣的事实。为此我忍不住要多说几句。

## 二

关于两人的相识，其缘在书是不言而喻的，话则要从上世纪八十年代初锺叔河编的《走向世界丛书》说起。此丛书面世后，在学术界率先引发热烈反响。当时已在读书界声名鹊起的《读书》杂志也以其敏锐的嗅觉自觉地关注起这套书。据锺先生回忆，当时《读书》的一位编辑来信约稿，不久后就于一九八一年第十二期的卷首推出了“关于《走向世界丛书》”专题，刊发了戴文葆的《一个古老而又新颖的课题》和锺叔河的《“中国本身拥有力量……”》。谷林因与陈翰伯、倪子明、范用等早已熟识且过从甚密，待改革开放初期陈翰伯等人发起创办《读书》杂志，倪子明被调去做副主编，谷林亦随之成了《读书》的义务校对和编辑。正是有了这一层因缘，谷林开始关注到锺叔河其人其书。

而据现存的书信可知，两人在通信之始主要谈论的则是知堂老人著作的编辑与出版之事，这才是他们的“同好”。据陈子善《关于新编〈周作人集外文〉》一文介绍，一九四九年至改革开放期间，周作人在大陆出版的著作屈指可数，而且作者只能署名周遐寿或周启明。直到改革开放以后，随着思想的解放，周作人的著译才被逐步解禁。八十年代初，湖南人民出版社和上海文艺出版社先后印了《周作人回忆录》（内部发行）和《周作人早期散文选》（许志英编），成为“报春第一燕”。直到一九八六年，已调任岳麓书社总编辑的锺叔河继《走向世界丛书》之后，又将视线聚焦到了周作人著作的编辑出版上，特别是《知堂书话》和《知堂序跋》的相继推出，“在周作人研究界和读书界产生了更大的影响”。

就在一九八六年八月三日锺叔河给谷林和秦人路的第一封回信中，锺叔河就他们关心的一系列有关周作人著作的问题进行了说明。信不长，逐录如下：

人路同志并请转祖德同志：

《木片集》即《草叶集》即《鳞爪集》，是最后改定的名字，我所据者为周氏手校打样复印件，只有百二十面。

我正在约黄裳先生编《周作人集外文编》，大约在一千面以上，《木片集》只是其中一小部分罢了，此书大约今冬可发排，明年出书。

《知堂序跋》已付排。《日译〈骆驼祥子〉序》已收入，此外还收了集外序跋数十篇，为《知堂杂诗抄序》《〈汪精卫先生庚戌蒙难实录〉序》等等。因为新的集外文不断出现，陆续送工厂插入排字，很费唇舌。好在我在当右派时当过两年排字工人，和工人打交道还有点办法。上个月拿到稿费，即私人请排字师傅吃了一桌二百八十元的酒席，师傅们也很讲“义气”，总算接受了我的不情之请。

《书房一角》《秉烛后谈》寒斋俱有收藏，《清明前后》恐未别集印行，关于这个题目的详情，乞拨冗见示。

锺叔河 八、三

此札虽短，但历史的信息颇为丰富。信的开头先解释了《木片集》书名的出处，继而相告正在约黄裳编《周作人集外文编》。信中虽明示发排和出书的大致时间，但最终黄裳并未应承此事，而是改由陈子善完成了这个选题，即一九八八年岳麓书社出版的《知堂集外文·〈亦报〉随笔》和《知堂集外文·四九以后》。接着又告知《知堂序跋》的付排及其相关内容，最有意思的当属“私人请排字师傅吃了一桌二百八十元的酒席”，师傅们于是很讲“义气”，总算接受了锺叔河陆续将新发现的集外佚文插入排字的不情之请。此外，从此信的上款推测，谷林或许就是经由秦人路的介绍才与锺叔河开始通信的吧。

随着来往的增多，彼此的了解因之而逐渐加深。锺叔河每有新书印出都不忘寄赠谷林。谷林也投桃报李，除了回赠自己的著作外，更是为锺叔河提供了不少周作人的佚文和《老虎桥杂诗》手抄本等珍贵的资料，这些无不令锺叔河心存感念。锺叔河在收到谷林提供的《老虎桥杂诗》手抄本后，于一九八七年三月二十六日的信中就毫不掩饰地表达了自己的兴奋和感谢，他说：“除了提供了‘杂诗抄’以外的三十多首诗外，还帮我校正了‘杂诗抄’的一些误字”，“从今年一月以来，这是唯一使我高兴的事。”

## 三

在两位老人的通信中也不可避免地提到老和病，愈见彼此的关怀，不少细节是过去我们所不曾知道的。比如谷林在一九九二年九月二十三日致锺叔河的信中说：“去年九月也曾接到一封赐札，见告尊恙情况，时以为怀。”谷林所说的是锺叔河一九九一年九月二十五日写给他的信，信中说：“大著当时即已奉到，不知何以竟未申谢，也许是病的关系。贱疾为‘出血性脑梗塞’，已发作三次，一次比一次重，肯定必死于此，倒也有一点好处，就是其来毫无前兆，一来就人事不知。其实已死过三回了，不过都‘假释’出来了而已，何时正式‘收监’，则还不知道。”从字里行间依然能感受到锺老的那份豁达与风趣。其实，晚年的谷林也同样疾病缠身，他于一九九五年六月十一日致锺叔河的信中就说：“我在四月份住了廿几天医院，切除胃溃疡，以及溃疡面上的癌肿点五处，手术经过顺利。出院后继续注射抗原体，手术医师提出过化疗，我踌躇未定，先改找中医服汤药，再观后效。现在恢复尚属良好，只是显得虚弱，走路腿发软，坐着则无所苦，无碍读书，已属万幸。”锺叔河得悉后，立即驰书宽慰：“知贵体违和，万望珍摄。医生既建议化疗，还是得认真听取医嘱。我有位女同学，八二年即确诊为乳癌，手术后好了几年，八九年发现转移，之后即坚持化疗，每年二次，至今生活如常，每月至少到舍间找内人谈笑半日。同楼还有位老同志，今年已六十八岁，八四年确诊为肝癌，到上海长海医院切除病变部分后，即坚持化疗，亦至今无恙，每天种花养鱼，精神甚好，唯头发脱落稍多耳。此二例可见癌并不可怕，何况尊体不过溃疡面上有疑似之处，发现和切除都比这两位更早，如果遵手术医师之嘱，继续施治，必可早日彻底康复也。”真情所至，言语熨帖，怎不令见者动容。

即便有病痛缠身，两人的书事交流并未因此而终结。他们的话题从周作人延伸至曾国藩家书、《人人袖珍文库》《开卷文丛》《念楼学短》等更多方面。谷林也一如往常，书慰平生，仍以读书校书自娱。就在以上谈病情的同一通信中谷林写道：

“杂写”上署有“责任校对”的名字，出错罪无可逭。我见书后，先发现一个错字（P87）和一个标点（P93）。后来一位友人指出还有一个错字（P194），我乃重看一遍，才发现一三九页上还有一个错字和一个标点，已寄出二十本皆未及改正。昨天还承一位友人来信告第三页上“十七年”应是“二十七年”之误，证明落叶难扫，而且足见精力衰退，耄学无及了。

海南版的“近代史”，可爱之至，岳麓版的大三十二开本，我虽早买了一本，却一直搁着未曾细看，这回就想一起看一下。袖珍本未收“外”第三种，这使我大、小两种都想留着，不舍得转送掉一种。书末“读过”“还要读”的广告辞也极好，惜书名后未注作译者名字为憾。

知堂十卷集弁言和凡例读后，更益饥渴，还要“摆”多久呢？“不要多印”可否作几种理解：十卷不一次出齐，不做整版广告，印数暂控×千，诸如此类。目下买书之难几有踏破铁鞋之势，出版消息亦极不通畅，闷损曷极！

读过以上的文字，我们就可以明白当年陈原何以会称谷林为“书迷”——“书迷者，仿佛是为书而生，为书而死，为书而受难的第一号傻瓜。”其实，只要有好书可读，这个“傻瓜”又是何等的欢愉，以致全然忘却了病痛对肉体和精神的双重折磨。

## 四

谷林与锺叔河都是一生当中写过很多书信的人，谷林的书信集已面世的有《书简三叠》《谷林书简》《爱书来》三种，锺叔河已整理面世的虽只拙编《锺叔河书信初集》一种，但实际的数量远远不止这些。他们不仅写信多，还很会写信，正如与谷林熟识的扬之水所言：“暮年时期的先生，写信几乎成为命笔为文的唯一方式。如果先生是在此中寄寓了经营文字之乐，那么他人所感到的便是由文字溢出的书卷气以及与信笺和字迹交融在一起的那般顿挫环荡之情味了。”

其实，我们从谷林与锺叔河的这些往来信札中感受到的又何止是久违的人间“情味”呢，最直观的还是他们文字内容的好，好读、好看，而且耐读、耐看，既有遣词造句的娴熟自如，又有真情洞见的启人深思，无疑是文质俱佳的好文章。

话已说多，就此打住，更多的信息还是留给读者自己去发现吧！

夏春锦

二〇二〇年七月十五日

图书在版编目（CIP）数据

谷林锺叔河通信 / 夏春锦, 周音莹, 禾塘编. -- 上海: 文汇出版社, 2021.1

ISBN 978-7-5496-3361-6

Ⅰ. ①谷… Ⅱ. ①夏… ②周… ③禾… Ⅲ. ①书信集—中国—当代 Ⅳ. ① I267.5

中国版本图书馆 CIP 数据核字 (2020) 第205810号

# 谷林锺叔河通信

封面题签 / 锺叔河
编　　者 / 夏春锦　周音莹　禾塘
特约编辑 / 李天扬
责任编辑 / 苏　菲
装帧设计 / 薛　冰

出 版 人 / 周伯军

出版发行 / 文匯出版社
上海市威海路755号　邮政编码：200041
经　　销 / 全国新华书店
印刷装订 / 上海丽佳制版印刷有限公司
版　　次 / 2021年1月第1版
印　　次 / 2021年1月第1次印刷
开　　本 / 889×1194　1/32
字　　数 / 120千
印　　张 / 6

ISBN 978-7-5496-3361-6
定　　价 / 78.00元